ROMANZI

London
X. 17

Dello stesso autore
nel catalogo Marsilio

Rossenotti
La ballata delle canaglie
Strade bianche

Insieme a Luca Ragagnin

Elogio della sbronza consapevole
Elogio dell'amore vizioso
Smokiana

Enrico Remmert

La guerra dei Murazzi

Marsilio

Pubblicato grazie all'intermediazione di r.vivian literary agency, Padova, Italia.

Prima edizione: settembre 2017
ISBN 978-88-317-2778-5
www.marsilioeditori.it

LA GUERRA DEI MURAZZI

Al di fuori degli episodi storici o di cronaca citati nel libro (per esempio la rivolta dei Balseros a Cuba nel 1994, l'episodio di Cinco Palmas nel 1956, la morte di Khalid Moufaghib ai Murazzi nel 1995, l'omicidio di Abdellah Doumi nel 1997 e le persone condannate nel relativo processo, le partite del Campionato mondiale di calcio 2006 eccetera), questa è un'opera di fantasia: anche i fatti veri sono romanzati e ogni riferimento a persone realmente esistite o fatti realmente accaduti è puramente casuale.

Chi vede la varietà e non l'unità deve vagare di morte in morte.

KATHA UPANISHAD

Ci hanno mandato via perché non conoscono le nostre storie.

BELINDA, JOY E FAITH, profughe respinte a Gorino nell'ottobre 2016

«Sospettate di qualcuno?»
«Sospetto di me stesso» disse Holmes.

ARTHUR CONAN DOYLE, *Il trattato navale*

La guerra dei Murazzi

Accanto a me balla un giapponese. Potrebbe anche essere un cinese o un coreano o chi lo sa, qualunque altro abitante del pianeta dai lineamenti orientali, ma a giudicare dai vestiti sono quasi sicura che sia un giapponese. Non dai *suoi* vestiti, beninteso, perché lui indossa un paio di jeans e una felpa nera con il cappuccio: quello che mi fa credere che si tratti di un giapponese è la ragazza che si dimena davanti a lui, anche lei orientale, che è tutta coperta di latex nero, ha lunghi capelli tinti di biondo e rosa e in mano agita un cellulare da cui spuntano due orecchie di peluche. Lei è strafelice e strafatta e continua a urlargli «Monsieur! Mon amour!» e lo abbraccia e lo bacia e i lampi delle stroboscopiche li illuminano a intermittenza di un bianco tagliente e insostenibile, e lui stringe un poco gli occhi e sorride e intorno ci saranno cinquemila persone chimicamente alterate, la musica picchia al volume della fine del mondo, i bassi mi trapassano dai piedi alla nuca e ho l'impressione di muovermi a sobbalzi anche quando sto ferma. Mi guardo intorno e penso che questo dj tedesco ci sa davvero fare, poi mi astraggo totalmente, per un tempo indefinibile, e quando ritorno in me ho l'impressione di fare pensieri lucidissimi, per esempio che l'evoluzione umana non ha fatto nessun progresso, decine di migliaia di anni e abbiamo la stessa ritualità degli uomini primitivi – si ingoia qualche intruglio e poi giù di tamburi – per qualche secondo vedo me stessa ballare nuda intorno al fuoco di una tribù ma poi vengo di nuovo scaraventata nella realtà, là dove la giapponese scuote il ragazzo e urla «Monsieur! Mon amour! Allons-y!» ed è così bella che vorrei baciarla ma li perdo tra la folla. Allora di nuovo mi estranio, come se rimanessi lì credendo di non esserci, finché di colpo capisco, cerco di abbracciare con un'unica occhiata queste cinquemila persone che ballano incollate intorno a me ed ecco che le sento appartenere tutte insieme allo stesso qualcosa, un'armonia che pulsa di un unico battito e di un'unica coreografia, e lì ho la consapevolezza che c'è dell'altro – bisognerebbe svuotarsi la testa per riuscire a farci entrare una cosa grande così – e sorrido, chiudo gli occhi e sorrido ancora, e sono sul punto di essere quasi felice quando mi viene in mente Florian, l'albanese.

A quei tempi vivevo vicino alla stazione, in una zona di arrivi e partenze in tutti i sensi, e facevo la barista là sotto ai Murazzi, in uno dei locali affacciati sulle banchine del lungofiume, e quei tempi erano gli anni a metà tra il Novanta e il Duemila ed erano ancora tempi in cui non ero come volevo essere ma volevo essere come credevo di poter diventare, o almeno così dicevo a tutti. Perché là sotto ai Muri mi conoscevano tutti e conoscevo tutti, e qualcuno era più amico, qualcun altro molto meno, ma alla fine non c'era uno che non fosse costretto a rivolgermi la parola, perché dietro il bancone a cui ordinavano c'ero io, e ciao Manu, come va Manu, due gin tonic Manu, tutto bene Manu, e insomma molti quel posto lo frequentavano ma secondo me pochi lo conoscevano, perché per conoscere un luogo bisogna conoscerne i fantasmi, altrimenti ci limitiamo a vedere solo quello che ci hanno insegnato a vedere, solo quello che abbiamo imparato a credere che quel luogo contenga. E invece chi lo conosceva veramente sa che in quel luogo a un certo punto si scatenò una guerra, non alla luce del sole ma alla luce della luna, e parlo proprio di quegli anni, di quando ancora si poteva scendere in macchina sulle banchine e di quando i nordafricani cominciarono a invaderle e da una certa ora in poi, giù ai Muri, si sentivano solo le urla degli spacciatori e il fumo puzzolente dei barbecue e le risse erano all'ordine del giorno, e tutte le notti finivano con dei feriti, e alcune notti finirono con dei feriti gravi e alcune notti finirono con dei morti, anche se nessuno sembra più ricordarlo.

Ora non vorrei iniziare con una storia del tipo io c'ero e voi no, ché altrimenti rischio di sembrare una groupie tipo Pamela Des Barres o Marianne Faithfull quando raccontano che loro erano lì con i Rolling Stones e tra Mick Jagger e Keith Richards chi ce l'aveva più lungo – immagino Richards naturalmente – e cose così, ma comunque io c'ero e voi no. A quei tempi facevo la barista ai Muri, questo l'ho detto, ma quello che non ho detto è che ho fatto la barista laggiù per anni, da quando le banchine erano un luogo popolato da trecento carbonari fino a quando sembrava di stare sulla passeggiata di Sanremo durante il Festival della Canzone, e poi ancora dopo, cioè fino a quando i geni che giudicano e amministrano la città hanno chiuso i Murazzi, un'assurdità, come chiudere le ramblas a Barcellona o il Temple Bar a Dublino oppure il Bairro Alto a Lisbona: insomma, questi hanno chiuso il luogo torinese più famoso d'Europa, una vergogna smisurata li avvolga per i secoli dei secoli.

La verità è che il fiume non ha mai smesso di scorrere, e se è vero che ci dimentichiamo le cose è solo perché il fiume non ha mai smesso di scorrere, e se è vero che certe cose ritornano è solo perché il fiume non ha mai smesso di scorrere, e nell'Ottocento scorreva così impetuosamente che per contenerlo eressero a protezione della città questi muraglioni imponenti – i Murazzi – che dentro ogni arcata nascondevano magazzini e rimesse per le barche, e davanti costruirono le lunghe banchine per gli attracchi – nella sala d'attesa del mio dentista c'è una stampa d'epoca che spiega tutto questo per bene – e insomma le arcate se ne stavano lì piene di barche e merci sotto la pancia calda della città, e mi ricordo che l'autonominato Presidente della Libera Repubblica dei Murazzi, il vecchio Peppo Parolini – «un uomo dalle mille storie, quasi nessuna edificante», come diceva il mio amico Max – sapeva tutto del luogo, e raccontava che fino agli anni Cinquanta i Murazzi erano popolati da pescatori, lavandaie, barcaioli e sfaccendati e le lavandaie stavano oltre il ponte Vittorio Emanuele I e offrivano un curioso e suggestivo spettacolo, chine a sciacquare i panni che ammucchiavano in bianche distese, ma forse non era Peppo, e non erano gli anni Cinquanta, forse me l'ha raccontata qualcun altro questa storia, e comunque non è facile descrivere l'atmosfera di quei tempi, soprattutto per me che non c'ero.

In ogni caso dagli anni Sessanta in poi sparirono pescatori e barcaioli e lavandaie, i magazzini vennero svuotati e laggiù ai Murazzi non successe praticamente nulla per anni finché Fiore, che oggi non è più qui da decenni e vive in Marocco e traffica con le pietre fossili, be' Fiore prese un vecchio tram e lo infilò dentro un cunicolo come si infila lo stantuffo dentro una siringa e nacque il Doctor Sax che da allora – era il 1979 – non so quanti proprietari abbia cambiato ma è ancora lì quasi tale e quale, e nell'anima è sempre rimasto lo stesso, e dopo il Doctor Sax arrivò Giancarlo e poi il Csa e piano piano tutti gli altri, e alla fine praticamente ogni arcata dei Murazzi divenne un locale – e molto prima che Torino diventasse la città con più bar, ristoranti e locali notturni pro capite di tutta Europa, come dice la leggenda – mentre contemporaneamente in città, come dappertutto in Italia, esplodeva anche qualcos'altro, e cioè il passaggio epocale da quei tre o quattro nordafricani che vendevano Ray-Ban falsi sotto i portici davanti alla stazione a un'orda travolgente, e San Salvario – dove io abitavo allora, prima che si riempisse di tappetini da yoga e apericena – era il quartiere dove si erano stabiliti, perché era degradato, buio, sporco, e nessuno voleva andarci, tranne ovviamente quelli come me, che erano andati a vivere lì esattamente per lo stesso motivo dei nordafricani: perché gli affitti costavano un quarto che nel resto della città e perché era un bel quartiere, tutto di palazzi d'epoca vecchi e bellissimi, ben servito dai mezzi pubblici, vicino alla stazione ferroviaria di Porta Nuova e con un parco enorme e accogliente come il Valentino a pochi passi. Ai tempi avevo finito la mia lunga storia con questo tizio di Taranto che tutti chiamavamo Quentin e lui era andato a fare la stagione a Riccione o Ibiza o non mi frega dove, e io ero andata a convivere con Elena detta Nenne, anche lei gloriosa barista murazziana, reduce dalla sua ennesima delusione d'amore con il solito quarantacinquenne – perché a Nenne piacevano solo gli uomini di quell'età e diceva che le davano molto di più dei giovani e aveva tutta una teoria in proposito, assolutamente campata in aria – e la nostra casa si affacciava sul confine nord di San Salvario, su corso Vittorio Emanuele, quello stesso enorme corso che uno deve attraversare uscendo dalla stazione di Porta Nuova per raggiungere l'imbocco di via Roma, e vivevamo proprio di fronte a uno dei pub più grossi della città. Quella sera eravamo tornate da una moscissima serata ai Murazzi e ci eravamo ancora fatte un paio di birre al pub e c'era un gruppo di hooligan inglesi in maglietta, malgrado fosse novembre, totalmente ubriachi ma per niente aggressivi e uno era venuto a spiegarci che l'Inghilterra la notte successiva avrebbe giocato a Milano ma loro avevano trovato una sistemazione a Torino molto più economica e il giorno seguente avrebbero raggiunto San Siro in un attimo e viva l'Inghilterra e «noi abbiamo vinto un mondiale di calcio e due guerre mondiali!» ci dicevano convinti. Il più simpatico era un orco pelato di quasi due metri che chiamavano Little John, come quello di Robin Hood, che indossava una t-shirt con scritto OI! e jeans arrotolati al fondo e Dr. Martens lucide rosso mattone, assomigliava al cantante dei Bad Manners, un gruppo ska anni Ottanta che mio fratello maggiore adorava, io preferivo gli Specials, e insomma Little John e i suoi praticamente parlavano solo di calcio e ficcavano le parole fede e onore in ogni frase, due parole che per una come me non significavano nulla, se non che in generale qualcuno ti manovra come un burattino e senza neanche bisogno di lavarti il cervello. (Anni dopo, trascinata per caso in curva Maratona, ho capito che negli stadi c'è un'energia assoluta che non è possibile conoscere se non standoci dentro, ma allora la pensavo così, e comunque è un'altra storia.) In ogni caso questi hooligan ci trattavano con un rispetto notevole, addirittura con galanteria, ma poi era successa una cosa: e cioè che mentre eravamo tutti fuori a fumare due nordafricani di passaggio, con una spinta, avevano fregato il cellulare a uno degli inglesi più ubriachi. I due ladruncoli erano stati davvero presuntuosi perché, fatti pochi passi, si erano trovati davanti il resto degli hooligan e si erano presi un paio di schiaffoni paurosi, avevano subito restituito il telefono ed erano scappati via. Ma poi, da lontano, i due avevano iniziato a minacciare gli inglesi e il più grosso della coppia sembrava proprio indiavolato, aveva i capelli tinti ma la cosa non era riuscita benissimo e ora aveva in testa un tappeto di corti riccioli color ruggine, e faceva il segno con pollice sotto la gola, urlava in arabo ma non c'era bisogno di interpreti per capire. Io e Nenne avevamo colto l'occasione per scappare a casa, che stava proprio di fronte, bastava attraversare il corso ed ecco fatto, quindi eravamo salite al secondo piano. Una volta dentro, siccome avevamo questo patto del divieto di fumo in casa, ci eravamo rollate una canna ancora intabarrate nei nostri cappottoni ed eravamo uscite sul minuscolo balcone dove avevamo piazzato due sedie di ferro, che a quell'ora erano ghiacciate. Così ci eravamo messe a fumare appoggiate al cornicione e guardavamo dall'altra parte della strada dove Little John e i suoi, a una cinquantina di metri in diagonale sotto di noi, continuavano a bere e ridere e scherzare, ormai erano le quattro e mezzo del mattino e il locale stava chiudendo e loro stavano ancora lì davanti con le ultime birre nei bicchieri di plastica a cantare a squarciagola *God save the Queen* e altri cori, immagino calcistici, che non conoscevo. Poi all'improvviso da via Madama Cristina, un isolato più in là, era comparso l'uomo con i capelli arrugginiti insieme a una dozzina di compagni. Siccome Little John e i suoi erano molti meno, sei o sette, e sembravano completamente ubriachi, io e Nenne ci eravamo subito spaventate per loro e io avevo gridato dal balcone *warning danger warning* perché ero troppo svarionata per dire la frase corretta e avevo in testa solo le avvertenze standard scritte vicino ai finestrini dei treni, e in ogni caso nessuno di loro mi aveva sentito. La sorpresa era stata che quando Little John e i suoi si erano finalmente accorti di testa di ruggine e della dozzina di persone che stavano per piombare loro addosso, invece di scappare o abbozzare una difesa rintanandosi dentro il pub, si erano messi a correre incontro ai nordafricani e quelli, increduli, erano fuggiti a gambe levate verso via Madama Cristina. Adesso devo fare uno sforzo immane perché sono una di quelle che quando percorre una strada nota solo i dettagli insignificanti, i cartelloni pubblicitari, le foglie secche, un tappo di Bic sul marciapiede, non sono mica una cartografa, mettetemi in mano una mappa e non riesco neppure a capire come girarla nel verso giusto, ma è necessario che io descriva il contesto in cui ci trovavamo, perciò ecco lo sforzo: il campo di battaglia era il tratto di corso che copriva tutto l'isolato del pub, tratto di corso che a quell'ora era deserto e che consisteva in un rettangolo diviso in sei fasce parallele: il controviale davanti al pub, i parcheggi a lisca di pesce, le rotaie del tram, le due carreggiate centrali del corso e poi di nuovo, a specchio, le rotaie del tram in senso opposto, i parcheggi a lisca di pesce, e il controviale davanti a casa nostra. Per completare il quadro bisogna aggiungere due file di ippocastani, un mucchio di macchine nei parcheggi a lisca di pesce e un'edicola che era all'angolo opposto del pub, ma che interrompeva i parcheggi... A farla breve Little John e i suoi, esattamente come me e Nenne, sembravano studiare la situazione, e lo fecero finché il colosso diede un ordine ai suoi e tre di loro attraversarono rapidi il corso e, sottraendosi alla vista con attenzione, raggiunsero l'edicola e si nascosero dietro, in attesa che gli avversari ricomparissero. O almeno così la intendemmo noi, perché non c'era alcun segnale che il nemico sarebbe ricomparso, ma forse Little John e i suoi malgrado la birra tracannata avevano vissuto situazioni simili tante di quelle volte da sapere esattamente cosa aspettarsi e cosa fare. E infatti i nordafricani ricomparvero. Erano sempre una dozzina ma adesso in mano stringevano tutti dei colli di bottiglia rotti e si sentivano talmente sicuri che, usciti da via Madama Cristina, cominciarono a imboccare il corso principale, tra le file di alberi, come un corteo in marcia. Quando sorpassarono l'edicola gli inglesi nascosti lì dietro, che noi vedevamo perfettamente, ammutolite dal nostro punto di osservazione, non fecero altro se non scivolare lentamente dietro l'altro angolo della casupola, continuando a nascondersi al gruppo. In giro non c'era nessuno, neppure un'automobile, solo gli inglesi e i nordafricani, e poi noi, come al cinema, incredule, adrenaliniche tanto che Nenne mi aveva detto con il cordless in mano: «Forza, chiamiamo la polizia», ma io avevo alzato le spalle, peccato che allora i telefoni ancora non fotografassero e filmassero nulla.

Quando l'uomo con la testa di ruggine e i suoi arrivarono a una cinquantina di metri dal pub, camminando tranquillamente e urlando e mulinando bottiglie, Little John fece una cosa che di nuovo non mi sarei mai aspettata: aizzò i tre con cui era rimasto e si buttarono tutti di corsa in direzione dei nordafricani e questi ovviamente rimasero ancora più interdetti della volta precedente: alcuni si fermarono, alcuni indietreggiarono, solamente l'uomo con i capelli arrugginiti rimase dov'era ad aspettare gli inglesi. A quel punto, come in un duello western Little John gli si parò davanti, disarmato, poi, con una velocità che sembrava incredibile in un corpo di quelle dimensioni, fece il gesto più veloce che avessi visto nella mia vita: con uno scatto gettò in avanti le braccia unite come un tuffatore e poi le aprì all'improvviso spostando in un sol colpo verso l'esterno le braccia dell'avversario mentre contemporaneamente si slanciava in avanti con tutto il corpo e gli tirava una testata in faccia micidiale. Testa di ruggine si schiantò a terra di nuca, come un albero abbattuto. A quel punto gli altri tre inglesi si gettarono sul gruppo sventolando le cinture e seminando il panico tanto che i rivali iniziarono a scappare ma a quel punto il secondo gruppo di inglesi, quello nascosto dietro l'edicola, uscì allo scoperto e i nordafricani si trovarono chiusi in trappola e malgrado fossero superiori di numero cominciarono a scappare verso l'unica via di fuga possibile, i controviali, ma quelli che non furono abbastanza veloci si presero delle scariche allucinanti di pugni e calci e cinghiate e un minuto dopo tutti gli inglesi se ne andarono lasciando sul campo una mezza dozzina di feriti, che piano piano si trascinarono via chi zoppicando chi sanguinando chi reggendosi la testa o un braccio, ma tre proprio non si alzarono più – e tre furono poi infatti le ambulanze che arrivarono – e Nenne era inorridita e piangeva – «Perché non riusciamo a non guardare?» aveva chiesto tra le lacrime – mentre io mi ero resa conto di una cosa strana, una cosa che un po' mi vergogno a dire ma che non intendo negare: e cioè che mi attiravano questi che picchiavano, mi affascinavano, e tutta quella violenza mi aveva procurato una specie di piacere e, tornando a rifletterci, se non ci fosse stato questo episodio degli hooligan probabilmente poi, qualche tempo dopo, uno come Florian l'albanese non mi avrebbe fatto né caldo né freddo.

E così anche quell'inverno passò, e non fu particolarmente felice. Nenne si mise insieme al solito patetico quarantenne, il cielo era sempre grigio, una zingara cicciona prese a stazionare tutto il giorno sotto casa e io le davo sempre qualche spicciolo perché pensavo che forse Dio poteva nascondersi lì dentro, chi lo sa – a quei tempi io e Dio eravamo in una pausa di riflessione, ma non del tutto – mentre dietro il bancone, giù ai Murazzi, diventai amica di un mucchio di maschi di tutte le specie, sognatori, poveri idioti, logorroici, rompiballe e in ogni caso principalmente anime in pena. Con il tempo arrivai a conoscerne bene alcuni, in genere dopo essermeli portati a letto, e probabilmente fui testimone inconsapevole di un periodo di fermento che la città non aveva mai vissuto, quello che poco dopo avrebbe permeato le strade dei Subsonica e il tanco di Capossela, e quei magnifici quadri di Daniele Galliano che non mi potrò mai permettere ma che adoravo e adoro, perché come ho già detto per conoscere davvero un luogo bisogna conoscerne i fantasmi, e Daniele li conosceva e li riconosceva. In ogni caso a quei tempi tutti i randagi della città finivano la notte immancabilmente nel locale di Giancarlo, che ancora non era diventato quella sorta di personaggio totemico che diventò poi, con i ragazzini che chiedevano di farsi una foto accanto e lui che accettava ma secondo me non lo sopportava, e c'erano personaggi davvero fuori di senno ma dotati di grande profondità di sguardo, come il mio amato Andrej, che oggi se n'è tornato in Croazia ed è un cuoco celebre, e Dario e Tati e Alessandra e Peppo e Vittorio e Vins e Pisti e Uedro e decine di altri, e le banchine ogni mese che passava diventavano sempre più di moda – e si riempivano sempre più di gente – ma io continuavo a essere una persona infelice, niente di quello che bevevo e inghiottivo serviva a lenire nulla, ascoltavo tristissime ballate di Suzanne Vega che Nenne odiava e cominciavo a cercare di dare delle risposte a quelle domande sul futuro che avevo sempre rimandato. Finché comparve Florian.

Le cose andarono in questo modo. Una notte giù ai Murazzi, siccome la vecchia Polo di Nenne si rifiutava di dare qualunque segno di vita, ero andata a chiedere aiuto al nostro amico Vincenzo detto Vins, glorioso buttafuori murazziano che raramente frequentavo fuori dal lavoro preferendo accoppiarmi con quasi tutto il resto disponibile, selezionando tra perdigiorno e gente che viveva di espedienti, i miei preferiti, e comunque sempre quel tipo di persone che nessun padre vorrebbe si accompagnassero alla propria figlia. E morale Vins aveva ficcato la testa dentro il cofano e poi mi aveva guardato: «È spacciata» aveva detto. «Il problema è il cuore.» Io e Nenne avevamo riso ma in realtà eravamo preoccupate, finché Vins ci aveva rivelato di non saperne nulla ed era andato a chiamare questo buttafuori che avevo visto solo di sfuggita e che lavorava a tre o quattro arcate di distanza. Si chiamava Florian ed era un albanese molto alto e di poche parole. Era di carnagione olivastra, con dei bei capelli neri tagliati cortissimi su una testa che sembrava disegnata con un compasso, come quella di un bambino, mentre il viso aveva zigomi sporgenti e un naso sottile e molto dritto, anche se meno dritto della sua gentilezza, che davvero mi aveva colpito. Florian aveva chiesto le chiavi, aveva aperto il cofano e, dopo una mezz'ora in cui aveva trafficato facendo spola con il magazzino del locale dove lavorava per procurarsi chiavi e cacciaviti di vario formato, be', la macchina era ripartita. L'avevamo ringraziato e alla fine gli avevo detto: «Strano paese l'Albania.» E lui aveva chiesto: «Perché?» E io: «Non c'è neanche un albanese famoso.» E lui: «Certo che c'è: John Belushi.» «Mah. Sei sicuro? Secondo me era americano.» Lui aveva guardato verso il fiume e aveva concluso: «Sì, americano ma albanese.» A casa Nenne mi aveva detto che era stata la conversazione più idiota che avesse avuto modo di ascoltare nell'ultimo anno, e probabilmente aveva ragione, ma in quel periodo della mia vita ero ancora una momentaneista, una afferratrice di attimi fuggenti, e davo a ogni istante della mia vita un'importanza esagerata, perciò ero felice. In ogni caso da quella notte ogni volta che incontravo Florian ci salutavamo, anche se lui non parlava mai, si limitava a fissarmi, ma in un modo diverso da chiunque altro, come se stesse per dirmi qualcosa che poi però alla fine non diceva mai, e sempre con un velo di malinconia inesprimibile davanti agli occhi, che adesso a ripensarci – e dopo aver poi saputo tutta la sua storia – non era altro che qualcosa di... non saprei la parola esatta ma direi qualcosa tipo: struggente. Perciò cominciai a chiedere in giro di lui, buttando lì la domanda ogni tanto, alle aperture dei locali e a Nenne, quando lavavamo e mettevamo in ordine i bicchieri e riempivamo i frigoriferi portando casse e casse di bottiglie dal magazzino al bancone, preparandoci alla battaglia con i clienti, oppure alla chiusura con gli altri buttafuori e i dj e tutti gli altri. In quel periodo l'unico che frequentassi assiduamente era un dj franco-italiano che chiamavamo tutti Uedro – cosa che aveva a che fare con la pietra del chilum, ma questa è un'altra storia – e morale Uedro metteva i dischi abbastanza spesso nel locale dove lavorava Florian e perciò capì subito, la seconda volta che lo nominai, che l'albanese mi interessava, e mi pizzicò il sedere e mi disse: «Ti piace, eh?» Io scossi la testa ma poi risi e dissi: «Guai se glielo dici», come una bambina, ma in realtà speravo che glielo dicesse, mentre lui si adeguò al mio volere, perché in genere i maschi non sanno mai bene decifrare le parole di una donna, sono cervelli rudimentali e pensano che quello che una donna dice di volere corrisponda a quello che una donna vuole. Così passò qualche settimana e io non facevo che pensare a Florian tutto il tempo, mi ricordo che una volta lo vidi da lontano mentre saliva in macchina con Vins e mi venne il batticuore, giuro, pensavo fosse un modo di dire e invece tum tum tum, cosa diavolo mi stava succedendo? E la volta successiva invece per poco non urlai il mio amore a tutti, perché l'avevo visto davvero in una brutta situazione. Era l'ora della chiusura e a quel punto di solito tutti andavamo verso Giancarlo – che era l'ultimo locale a rimanere aperto, come forse ho già detto – perciò spostavamo tutti le macchine lì intorno, tranne il sabato che in genere tiravamo mattina al Sax e poi finivamo ad aspettare l'alba dal monte dei Cappuccini, che non ho mai capito perché poi lo chiamano monte visto che è una collinetta, e neanche tanto alta. Stava per arrivare la primavera ma lungo il fiume faceva ancora freddo ed erano le quattro e qualcosa del mattino e stavamo lì a fumare con Nenne e Vins e Uedro e non so più chi, quando vidi passare Florian sulla banchina, diretto verso il parcheggio. All'estremità della banchina più bassa, quella che digradava verso il fiume e che era la prima a riempirsi d'acqua quando il Po si gonfiava per le piogge, c'era ancora Ahmed, che era uno dei capi, un po' spacciava, un po' gestiva il racket di quelli dei barbecue, quelli che «grigliavano i topi morti» come diceva Nenne (e quanti ne abbiamo mangiati). Quando Ahmed vide passare Florian gli urlò, in italiano, «Buonanotte albanese di merda» ma Florian non fece una piega, come se non esistesse, in una sorta di efficacissima descrizione visiva del concetto "tirare dritto". Sembrava che tutto finisse lì mentre invece Ahmed gli andò incontro, e in mano aveva un ferro appuntito e rovente con cui girava la roba sulla griglia. Ora va detto che Ahmed era un grandissimo sbruffone – ma non del tutto privo di ironia: mi ricordo che una volta, dopo aver litigato a morte con Lalla, le aveva lasciato dei crisantemi davanti alla serranda dello Stars –, uno che beveva birra senza reggerla e aveva fatto a botte con quasi tutti i buttafuori dei Murazzi, ma sempre in maniera abbastanza leale, come quei bambini dispettosi che vogliono solo sfidare la pazienza di chi sta loro intorno, come se traessero un sottile piacere nel misurare i limiti altrui. Ahmed era di Khouribga, lo sapevo dai denti, perché a Torino a quei tempi, come anche adesso credo, c'erano un mucchio di marocchini di Khouribga e avevano tutti i denti marroncini e cariati perché a Khouribga esisteva un problema con l'acqua del rubinetto, tipo uno squilibrio di non so che minerali, calcio-fluoro-potassio chissenefrega, e insomma Amhed era non tanto alto ma con le spalle larghe come un giocatore di rugby, e poi aveva il naso rotto e gli mancava un dente e tutti gli altri erano marroncini e cariati e, insomma, faceva abbastanza paura. Nenne e io ci eravamo immobilizzate mentre Vins stava già andando a vedere cosa succedeva più da vicino – perché non esiste un buttafuori al mondo capace di farsi i fatti suoi durante una rissa, o prima che scoppi una rissa, insomma hanno una sorta di radar per queste cose – ma Florian non diede il tempo a nessuno di fare nulla. Quando Ahmed gli ripeté «Buonanotte albanese di merda» agitandogli il ferro davanti al viso, l'altro gli sferrò un pugno micidiale su un occhio, un pugno così veloce che a dire la verità quasi non lo vidi, vidi soltanto Ahmed inginocchiarsi e sentii cadere il pezzo di ferro, poi Florian disse solo «Buonanotte anche a te» e se ne andò. Da quella volta per Florian le cose si fecero complicate: doveva fare attenzione se passava nei dintorni della banda di Ahmed e in genere gironzolava al largo dai barbecue facendo lunghi percorsi alternativi o passando da sopra e malgrado queste precauzioni in un paio di occasioni capitò ugualmente che fu aggredito ma ne venne sempre fuori con una certa facilità, con una certa velocità addirittura, tanto che gli altri buttafuori – per cui esisteva una sorta di classifica sul chi picchiava di più, chi ai Murazzi, chi allo stadio, chi in palestra, chi nell'universo – cominciarono a portarlo in palmo di mano, anche perché i buttafuori amano parlare di risse, e anche io come notate mi sto scaldando.

Di notte era raro che mi molestassero, certo mi piovevano addosso epiteti di ogni genere, ma a quello ero abituata anche dietro il bancone, con i civilissimi istruitissimi ricchissimi nobilissimi studenti e soprattutto studentesse della nostra università – e io in genere mi limitavo a mormorare fottetevi rottinculo e salivo in bici o sulla macchina di Nenne o di chi altro e me ne andavo. Però dopotutto rimanevo sempre una ragazza sola e questo era evidente e in genere c'era sempre qualcuno che si offriva di accompagnarmi a casa dicendomi che la bici l'avrei recuperata l'indomani, e infatti stava lì incatenata ai lampioni dei Murazzi per giorni. E così una notte fu Florian a offrirsi di accompagnarmi e a quei tempi non aveva ancora la macchina e così ci incamminammo lungo corso Cairoli e poi in corso Vittorio e lui non disse una sola parola, poi sotto casa fece per salutarmi ma io lo presi per mano e lo portai su, non ci eravamo detti neppure una parola, e sempre tenendolo per mano lo portai nella mia stanza e solo allora lo baciai e quando ci staccammo be', lui aveva un sorriso, un sorriso incredibile, sembravano i petali di un fiore bianchissimo che si schiude all'improvviso – lo so che è un'immagine patetica e io detesto fare pensieri mainstream ma questa è l'immagine a cui pensai allora, non ho intenzione di mentire per sembrare migliore di quello che sono – era un sorriso che ti lasciava inerme, che avresti voluto fotografare per fissare nei momenti di tristezza, e infatti subito dopo per ridere gli puntai la macchina fotografica sulla bocca ma lui non riuscì più a farlo quel sorriso, e così lo spogliai e aveva un corpo perfetto, con i muscoli lunghi del nuotatore – non quei corpi gonfiati degli altri buttafuori, che in palestra si uccidevano di pesi con il solo risultato di sviluppare tutti i muscoli in modo disarmonico e poi erano goffi anche solo nel camminare – e Florian fu l'amante più dolce che io abbia mai avuto, e sembrava che dentro di me si perdesse, e mi intontì di carezze, qualche giorno dopo mi asciugò i capelli di carezze, rimase lì quasi due ore e alla fine erano asciutti, un po' crespi ma asciutti, e nessuno ha mai fatto niente del genere per me né credo che nessuno lo farà mai.

Fatto sta che da quel giorno in poi cominciammo a vederci e, piano piano, con sforzi enormi da parte mia a farlo parlare, e sforzi enormi da parte sua prima di cedere, cominciò a raccontarmi la sua storia. Florian era arrivato in Italia nel '91, a diciassette anni, direttamente dalla periferia di Tirana, che lui raccontava essere una città molto più bella di quella che immaginavo io, costruita in buona parte durante il fascismo, e diceva che gli italiani erano persone inaffidabili perché avevano invaso l'Albania due volte, una alla fine della Prima guerra mondiale e una nel '39. Io ero andata a rileggermi un po' di storia e per farla breve si diceva che quando eravamo andati a spezzare le reni alla Grecia, be' i greci non se l'erano lasciate spezzare e anzi ci avevano ricacciato a schiaffoni e si erano presi anche mezza Albania, questo è quanto. Finché come al solito arrivarono i nazisti di rinforzo agli italiani – delle volte penso che se i nazisti non avessero dovuto correre qua e là per l'Europa e l'Africa a rattoppare i buchi che creavamo noi e riprendere i posti che noi perdevamo, forse oggi tutto il mondo marcerebbe al passo dell'oca sventolando bandiere con la svastica, per cui in definitiva, secondo questa mia teoria, sono gli italiani che hanno sconfitto il nazismo, provate a rifletterci sopra – e comunque alla fine sappiamo tutti come andò, la guerra finì e in Albania arrivò questo tizio che si chiamava Hoxha, tipo la cantante, mise su uno dei peggiori regimi comunisti del mondo, portò il paese alla miseria e nel pieno di quella miseria Florian nacque. Della sua infanzia non mi raccontò mai molto, tranne che viveva in questo appartamento alla periferia di Tirana, un casermone grigio di cui mi aveva fatto vedere una foto – davvero triste e, come dire, sovietico –, che suo padre era morto e che sua madre abbrustoliva pannocchie di mais per la strada mentre lui lavorava giorno e notte aiutando uno zio che aveva una specie di chioschetto, in pratica lo mandavano in giro con una cassetta di legno a vendere sigarette e caramelle. Ma insomma, come sanno anche i sassi a un certo punto nell'89 il Muro di Berlino era crollato – chi se lo dimentica, io ero adolescente ma in casa mia c'era un'euforia tale che neanche se il Toro avesse vinto lo scudetto – e dopo la caduta del Muro i tedeschi si erano riuniti e il comunismo era finito e gli albanesi si scoprirono un po' più liberi e con un record europeo: i più poveri del continente. E fu così che cominciò il grande esodo di massa verso l'Italia, quello del 1991, a cui partecipò anche Florian. Quando lo costringevo a parlarne, Florian mi spiegava che lui era stato costretto a scappare dalla miseria e dalla fame, e che a quei tempi non si sentiva diverso dai giovani italiani come me che vivevano dall'altra parte del mare e che vedeva in tv, non si sentiva diverso ma solo molto più disgraziato, e malediceva Dio cercando una risposta alla domanda più semplice e cioè: in base a che regola viene gestita la logistica del mondo? In base a che regola se tu nasci in un posto sei più fortunato o meno di chi nasce in un altro posto? E Florian diceva sempre che per me era impossibile capire, avrei dovuto essere nata in

Albania per capire, non c'era altra strada della fuga. E mi ricordo che una volta stavamo fumando sulle panche di pietra dei Murazzi – là dove il fiume non ha mai smesso di scorrere e lanciare il suo unico costante insegnamento, anche se allora non lo coglievo – e io avevo chiesto a Florian se era vero quello che raccontavano, se era vero che la voglia di venire in Italia era nata dal fatto che in Albania arrivava il segnale della nostra televisione e se era vero che lui e i suoi conterranei erano stati colpiti dai nostri orridi sceneggiati e dalle tette che si intravedevano nei programmi notturni, ma lui aveva scosso la testa dicendo che non sapeva di cosa parlassi, e che tutti gli albanesi erano venuti in Italia a causa della pubblicità. E quando io un po' interdetta avevo chiesto spiegazioni lui mi aveva detto: «In tv vedevamo la pubblicità del cibo per gatti. Davate la carne ai gatti. Per noi era incredibile: c'era un posto a poche miglia di mare da noi dove erano così ricchi che la carne la davano da mangiare a degli animali inutili», e in effetti non avevo proprio saputo cosa ribattere, nessuno con un cervello funzionante può avere qualcosa di sensato da ribattere a una cosa così, e poi io non ho gatti, né cani.

Fu proprio un'ennesima rissa a salvare Florian dalla banda di Ahmed, anche se avvenne una sera in cui l'albanese non lavorava. A ripensarci ora probabilmente quello fu uno dei primi sintomi di una intensificazione in negativo dei rapporti che legavano i frequentatori dei Murazzi e i nordafricani, e se fossi una storica sociale – se esiste qualcosa del genere – potrei dire che di fatto diede il via a un inasprirsi del conflitto, allo scatenarsi di una vera e propria guerra, anche se nessuna riga su quel fatto venne mai scritta sui giornali né mai nessun telegiornale ne parlò, e io e Nenne eravamo incredule ma poi pensammo che fosse una decisione a monte, per non alimentare le tensioni, per tenere la situazione il più possibile tranquilla. Insomma, una sera in cui giù ai Muri c'erano in giro migliaia di persone, e sembrava un gigantesco discobar all'aperto con musica ovunque e alcol ovunque e canne ovunque, accadde che nella ressa uno della banda di Ahmed strappò la collanina d'oro a un tizio che stava bevendo una birra con la fidanzata. Praticamente nessuno se ne accorse, perché ogni sera c'erano parecchi scippi e Ahmed e i suoi erano bravissimi a scappare e mimetizzarsi, usando proprio la folla come punto di forza. Il problema, come venne fuori poi, è che questa volta avevano scippato un capo ultrà della Juventus e infatti quella notte, peraltro molto tranquilla, alle quattro e mezza, quando come al solito c'erano ormai soltanto pusher e gente con le griglie, dal nulla comparvero una trentina di ultrà con le mazze da baseball e fecero un macello prendendo a randellate chiunque fosse nordafricano, un po' a caso ma senza leggerezza, e alla fine, dopo essersi accertati che fossero vuote, lanciarono due molotov su un paio di macchine degli spacciatori che erano parcheggiate sulle banchine esterne, proprio davanti al locale dove lavoravamo io e Nenne. Mi ricordo perfettamente quella notte, noi a guardare il fuoco ipnotizzate e le macchine – due vecchie Renault berline – che alla fine, quando i pompieri spensero le fiamme, erano ridotte a due scheletri carbonizzati. Come ho già detto, quello che più mi stupì, il giorno dopo, fu che nessun giornale scrisse una riga – noi ci aspettavamo qualche titolone a effetto del tipo «Sgarro a un ultrà! I Murazzi a ferro e fuoco!» – e invece niente di niente anche se quello fu praticamente il primo atto della guerra, una scritta impressa a caratteri di pietra: «Attenti: qui ci siamo anche noi.» Lo capimmo perché dal giorno seguente Ahmed sparì e con lui altri due o tre della sua banda, qualcuno disse che li avevano arrestati in blocco, qualcuno che avevano fatto abbastanza soldi ed erano tornati a Khouribga.

In ogni caso la situazione non migliorò né cambiò, perché ormai dopo una certa ora i Murazzi erano terra di nessuno: la tensione si tagliava con il coltello, in genere di quelli veri e con la lama affilata, e ogni notte finiva con le ambulanze. In realtà, a pensarci bene, qualcosa cambiò: la sparizione di Ahmed lasciò spazio a una nuova generazione di nordafricani, molto più giovani, molto più ubriaconi e molto più aggressivi dei predecessori. Furono questi nuovi arrivati, minorenni o poco più, a portare i coltelli ai Murazzi, a cominciare a tirare l'acido delle batterie contro i buttafuori – come capitò ad Andrej, fortunatamente senza conseguenze – e a fare una guerra sistematica contro tutti i locali, con cui erano entrati in attrito per via della concorrenza sulla vendita di birra, che loro portavano in grandi bacinelle azzurre piene di ghiaccio.

Il venerdì e il sabato notte, quando la folla in certi momenti arrivava a migliaia di persone e occupava i Murazzi completamente come si occupa il prato di uno stadio durante il concerto di qualcuno davvero famoso, i ragazzini nordafricani si disperdevano in gruppetti, per spacciare e fare piccoli scippi e rapine, ma poi la notte si ricompattavano sulla banchina bassa, quella più vicina al Po, dove facevano la griglia e vendevano le birre. Ed era come se ci fosse una linea invisibile che li divideva da noi dei locali, buttafuori e baristi e ultimi clienti, una specie di barricata invisibile dove i contendenti erano nitidamente distinti e la guerra era una guerra di attesa, di trincea si potrebbe dire, e per ora si stavano solo misurando le forze in campo, perché era una battaglia equilibrata, e non ha senso combattere una battaglia se non sei sicuro di vincere – come insegna Sun Tzu, che peraltro non ho mai letto – e questo valeva per entrambe le fazioni ovviamente, ma poi la tensione si cominciò ad acuire, e quelle furono proprio le settimane in cui capii che con Florian non era una delle mie solite avventure da qualche notte e poi saluti.

Eppure, malgrado quelle tensioni, ricordo che c'erano anche notti di dolcezza estrema, laggiù ai Muri, notti in cui graduavo alla perfezione l'ubriachezza e mi sentivo felice, notti in cui in coda davanti al bagno fissavo il cartello GENTLEMEN e cominciavo a canticchiare *Gentlemen take polaroids* dei Japan e Nenne rideva e mi diceva che se avessero messo in fila tutte le persone più sceme di Torino io sarei entrata nella Top Five, notti in cui pensavo che ogni cosa andasse per il meglio – perché imbecilli e bulletti si erano comportati tutti con gentilezza e tranquillità, e ciò significava che in fin dei conti imbecilli e bulletti erano evidentemente anche loro figli di Dio, come le mosche, le rose e le bambine che escono saltellando da scuola –, notti in cui gli uomini non mi sembravano più le solite strane bestie nate per confondere e depistare, notti in cui la luna sovrastava le sagome delle colline e sembravano i bordi di un guscio d'uovo quando lo si rompe sul bordo della pentola, notti assurde in cui ogni minuto qualcosa finiva in acqua – Margherita con il suo motorino mentre sfrecciava tra la folla e perdeva il controllo, i francesi de La Bicyclette che avevano parcheggiato il loro vecchio furgone Citroën sulla banchina dimenticando il freno a mano, e quello aveva cominciato a indietreggiare fino al bordo e poi si era inabissato lentamente fino a sparire nelle acque nere del fiume, glu glu glu – notti che finivano all'alba in venti tutti stipati a casa di qualcuno, tra divani polverosi e birre calde, ridendo per qualsiasi cosa, o meglio: ridendo per quella cosa che si chiamava giovinezza, anche se manca ancora del tempo perché tutti questi minuscoli avvenimenti mi diventino perfettamente chiari, la storia non è sempre testimone dell'età, la maestra di vita, la luce della memoria, eccetera, sono tutte sciocchezze.

Un'estate in Liguria, dovevo avere tredici o quattordici anni, io e le mie amiche dei bagni Nettuno eravamo rimaste colpite da una coppia sui venti anni. Erano entrambi bellissimi, lei praticamente una Barbie con i capelli castani, lui un dio greco, alto, prestante, la pelle ambrata come se fosse stata dipinta. Erano perfetti e non potevo fare a meno di osservarli durante la giornata perché erano sempre in movimento, partita a racchettoni e poi lunga nuotata e poi corsa sulla spiaggia e poi pallavolo e così via, sempre belli, sempre sorridenti, atletici, vitaminici, vitali. Ma poi una sera con i miei genitori avevo incontrato la coppia dei superperfetti al ristorante, al tavolo vicino, e per tutta la cena non si erano scambiati una sola parola, e il giorno dopo li avevo osservati di nuovo in spiaggia ma tutta la magia, l'attrazione morbosa che provavo verso di loro, era sparita e adesso le loro nuotate, le loro partite, le loro corse sulla spiaggia mi sembravano solo il disperato tentativo di riempire un vuoto, orribile, che io avevo visto da vicino. Da allora mi ero ripromessa che non mi sarei mai tenuta accanto un uomo che non fosse capace di rivolgermi la parola e raccontarmi storie, e questo valeva anche per Florian, e così piano piano, in genere dopo aver fatto l'amore, costringevo Florian ad accarezzarmi dappertutto e gli dicevo: «Racconta, Florian», e lui niente, e allora io insistevo, lo tormentavo, «Racconta, racconta, racconta», e allora lui docilmente cedeva, e cominciava. Così venne fuori che Florian era arrivato a Torino senza un solo appoggio, senza conoscere nessuno se non alcuni compaesani di un giro molto più delinquente del suo, ma lui si faceva gli affari suoi, parlava poco e menava forte perciò nessuno gli stava troppo addosso, ne era rimasto il più possibile fuori, tranne che appena arrivato condivideva una casa con qualcosa come altri dieci tizi, e comunque aveva perfezionato alla svelta l'italiano imparato alla tv albanese, lavando i piatti in un ristorante di via Cigna, ovviamente in nero, ma poi il padrone si era affezionato – me lo immagino, un tipo che paghi in nero, parla poco, non si lamenta mai e si fa un culo così, come fai a non affezionarti? – ma quando Florian gli aveva chiesto un aumento be' quello nulla, e così Florian se ne era andato e si era fatto un paio d'anni di cantieri in giro per la regione («Il Piemonte l'ho costruito io» mi aveva detto una volta, serio), finché una notte in un locale si era picchiato con dei buttafuori italiani e quelli, ammirati, alla fine lo avevano invitato a bere e lui era stato costretto a parlare con qualcuno – non parlava mai con nessuno, l'ho detto – e quelli gli avevano spiegato il loro lavoro e quanto guadagnavano, una cifra iperbolica rispetto ai cantieri, soprattutto considerato che non dovevi fare altro che startene a braccia incrociate dentro e fuori da un locale, parlando il meno possibile, e così a Florian si era aperto un nuovo mondo e all'inizio aveva lavorato in una discoteca di piazza Guala, che a quei tempi era uno dei posti più infiammati della città, e da lì era passato ai Murazzi, che al confronto erano una passeggiata, almeno prima della guerra.

Fuori da quel mondo Florian era la persona più mansueta del mondo, me lo ricordo bene quando arrivava a casa con una rosa e si sedeva in un angolo, timido, come uno che entra in un ristorante e ha solo i soldi per una mezza minerale, e se per caso compariva Nenne lui abbassava gli occhi, come a dire che non era lì per lei, ed era strano vedere quel pezzo d'uomo con quanta dolcezza mi trattasse a letto, e anche lì diceva poche parole, ma una volta ricordo che alla fine mi aveva detto: «Ho bisogno d'amore» – «E chi non ne ha, gioia?» avevo risposto io –, ma lui lo diceva davvero, non credo sia possibile descrivere il tono della sua voce quando me l'aveva detto, credo ci fosse davvero tanto altro, tantissimo altro, quelle cose che nessuno di noi sa dire, quelle cose che ci teniamo dentro sempre, anche quando ci apriamo, perché quelle cose sono noi stessi, se le dicessimo a qualcun altro sarebbe come se ci tradissimo da soli, come se consegnassimo le pile che ci fanno andare avanti a qualcun altro, forse qualcuno che fa psicoanalisi queste cose le dice al suo psicanalista ma io non me ne intendo, so che è una terapia costosa e non me la potrei permettere, perciò se sono un po' giù la soluzione l'ho già trovata, due vodke lisce e mezzo pacco di marlboro rosse e tante grazie signori Freud e Jung, anche per oggi non ho bisogno di voi. E comunque non credo di essere mai stata con nessuno al mondo come Florian, e non c'è bisogno che dica che non è che prima di lui fossi esattamente vergine, l'avrete capito, ma lui aveva qualcosa di diverso, non era uno di quelli simpatici che ti porti a letto perché ti hanno fatto ridere a crepapelle e allora tanto vale, visto che in ogni caso la serata meritava, e neanche quegli intelligentoni che ti sparano verità che condividi a tal punto che hai l'impressione che ti abbiano prima trivellato il cervello e tirato fuori tutto quello che c'era per spiarci dentro. No: Florian era impastato con qualcosa di terribile e malinconico, qualcosa che sembrava sempre vicino eppure non riuscivi mai a sfiorare, insomma l'essenza stessa della vita.

Adesso stiamo per arrivare alla vicenda di Abdellah, ma siccome ho deciso di essere sincera – almeno per quanto mi è possibile, perché non ci sono portata – devo avvertire che avevo già visto morire un ragazzo ai Murazzi due anni prima, nel '95. A quei tempi la tensione non era ancora alle stelle come due anni dopo, ma la folla sulle banchine era già notevole, e nei fine settimana estivi straboccante. E insomma era una notte di giugno come tante altre e, mentre Torino stava sfuggendo, a sorpresa, al destino già scritto di nuova-detroit-ovvero-città-fantasma-postindustriale frutto dell'ennesima crisi Fiat, mentre abitanti e istituzioni sembravano reagire nella più completa confusione alla trasformazione sociale in atto, mentre la polizia era affannata a combattere con armi spuntate l'ondata migratoria, mentre leghisti e fascisti e teste di cazzo varie – insieme a comitati civici più o meno improvvisati, ma sempre esasperati – chiedevano a gran voce più sicurezza, più ordine, i Murazzi, sempre loro, stavano lì come terra di nessuno, valvola di sfogo per ogni eccesso, campo da gioco delle squadre più violente. E insomma a un certo punto ero uscita dal locale dove lavoravo per fare una pausa e fumarmi una sigaretta, lasciando Nenne e le altre per qualche minuto sole al bancone, e fendendo la folla avevo raggiunto una delle panchine di pietra. A pochi metri da me c'erano due o tre auto dei carabinieri – o forse della polizia, chi se lo ricorda – e a terra c'era questo ragazzo marocchino sui vent'anni o poco più, Khalid Moufaghib, di anni ventiquattro, avevano poi scritto i giornali: era sdraiato a pancia a terra, con i polsi ammanettati dietro la schiena, circondato da un capannello di gente che si teneva a distanza, isolandolo dentro un semicerchio perfetto chiuso a un'estremità dalle acque del Po, mentre i carabinieri stavano parlando con un gruppo di tizi e io chiedevo a tutti che cos'era successo e ognuno dava una risposta diversa – una rissa, aveva un coltello, ha strappato una catenina, sono stati i buttafuori – e insomma non si capiva nulla. Poi a un certo punto il ragazzo, approfittando della distrazione dei carabinieri, era rotolato leggermente su un fianco ed era riuscito ad alzarsi e poi, non saprei dire cosa gli avesse preso, il panico, la confusione, chissà, si era tuffato nelle acque del fiume. Era un'azione così illogica da rimanere allibiti. E tutti erano rimasti allibiti: i carabinieri, i buttafuori, gli amici del marocchino. E tutti avevano realizzato immediatamente che un uomo ammanettato che si butta in acqua è spacciato.

Ora non so se avete mai visto affogare qualcuno in diretta, non ve lo auguro, ma io per alcuni minuti non capii, ingoiata dallo straniamento: poi all'improvviso mi resi conto di quello che era successo, ed era assurdo, mi resi conto tutto d'un colpo del fatto che la persona che era qui un minuto fa adesso era in fondo al fiume, che il suo cuore non batteva più, il suo sangue non scorreva, e non volevo credere che ci fosse stato questo passaggio, non volevo credere che fosse stato possibile. Voglio dire, questo ragazzo pochi istanti prima stava là a pochi passi da me e pochi istanti dopo era scomparso inghiottito nell'oscurità del fiume – «la mia cosa preferita è l'acqua, la seconda la luce» – nessuno lo vedeva, qualcuno si tuffò, un carabiniere si tuffò, era una cosa difficile da concepire, chiunque fosse sano di mente sapeva che era morto ed era già in fondo al fiume. Quella notte avevo fatto uno dei sogni più vividi della mia vita. Avevo sognato un acquario di acqua cristallina, enorme, dove una donna giovane e nuda stava affogando ammanettata. Io dopo un momento di esitazione mi tuffavo nell'acquario e nuotavo verso il fondo e la raggiungevo, e avevo le chiavi delle manette e la liberavo e cominciavamo a risalire nuotando una accanto all'altra verso la superficie ma l'acquario sembrava profondissimo, sembrava non finire mai e sentivo i polmoni scoppiare finché – bam – mi ero svegliata di colpo, completamente bagnata di sudore.

Una settimana dopo cinquecento persone, tra cui Nenne, sfilarono in una manifestazione promossa dai circoli interculturali torinesi contro il razzismo e la violenza, i giornali parlarono di «giovane immigrato scivolato nel fiume con le manette ai polsi», qualcuno attaccò i guadagni dei gestori dei locali, che chiusero fino a mezzanotte in segno di lutto, e nessuno raccontò mai la verità.

Mentre la verità io me la ricordo bene: la verità arrivò quella notte a bordo fiume quando i sommozzatori misero in acqua un gommone. La verità era questo ragazzino nordafricano, avrà avuto tredici o quattordici anni e doveva essere un fratello di Khalid o un parente stretto, e fece il diavolo a quattro finché non convinse i sommozzatori a prenderlo a bordo del gommone, e il gommone filava nel fiume di notte, e il faro illuminava a cono l'acqua, che sembrava un telo di seta nera, e il ragazzino si disperava e piangeva, e dalla riva potevo vederlo bene, perché nell'espressione del suo volto c'era tutto il dolore del mondo, e insieme al dolore anche l'inesplicabile, l'assoluto non senso, mentre sulla riva accanto a me c'erano centinaia di persone e tutti dicevano la loro cazzata, e molto prima che arrivasse Facebook a sdoganare il diritto di parlare senza essersi prima guadagnati il diritto di essere presi in considerazione. Tutti tranne uno, uno che, con gli occhi lucidi e la bocca serrata da una smorfia, guardava ipnotizzato il ragazzino, esattamente come me. Qualcuno che quella sera non notai, ma che mi raccontò la scena due anni dopo esattamente come io l'avevo vissuta. E questo qualcuno era Florian.

Una delle tante cose che mi stupivano di Florian è che, quando ai Murazzi incontrava un altro albanese, la prima domanda che si rivolgevano non era «Di dove sei?» oppure «Da quanto sei in Italia?» oppure ancora «Come ti trovi?»: gli albanesi rompevano il ghiaccio sempre con la stessa domanda, senza eccezioni: «Come sei arrivato?» E ogni volta Florian con un certo orgoglio rispondeva: «Sulla Vlora», che era il nome della nave che l'aveva portato in Italia, e subito l'interlocutore lo guardava ammirato e poi cominciavano a parlare in albanese e io non capivo più niente perché l'unica parola albanese che avevo imparato da Florian era Shqipëri, che è il vero nome del paese e si pronuncia *sciperi*, e al di là di quello non sapevo nient'altro. Florian mi aveva raccontato che prima della caduta del Muro non si poteva scappare dall'Albania, se ci provavi e ti prendevano rischiavi qualcosa come quindici anni di carcere, sempre se non ti sparavano a vista, come succedeva a quelli che cercavano di scappare a nuoto verso la Jugoslavia. E comunque una notte, doveva essere la fine di marzo o l'inizio di aprile del 1997, perché mi ricordo che la vicenda grossa dei Murazzi, quella di Abdellah, non era ancora successa, io e Florian stavamo davanti al televisore e i telegiornali continuavano a parlare del crollo delle piramidi finanziarie albanesi, tutte create da italiani peraltro, e il paese era nel caos e la gente aveva ripreso a partire e – non so chi se lo ricorda perché queste cose tendiamo a cancellarle dal cervello per lasciare i nostri neuroni in preda a Paris Hilton e Kim Kardashian e cose così – ma comunque dai porti albanesi ricominciarono a partire ondate su ondate di boat people, e quella notte al telegiornale si parlava di questa nave, la Kater I Rades, che era colata a picco nel canale di Otranto speronata da una nave della marina italiana: dei centoquaranta profughi a bordo se ne erano salvati solo una trentina. Quando Florian vide quelle immagini cominciò a gemere lentamente e chiuse gli occhi e poi cominciò a piangere come un bambino e io gli tenevo la testa sul grembo, ed era una cosa così strana da fare con un omone di quelle dimensioni. Poi, dopo un bel po', quando fu impossibile per lui stillare dagli occhi una sola lacrima in più, mi raccontò della Vlora.

Io come al solito non ne sapevo nulla ma a quei tempi non c'era niente che non mi interessasse e se mi aveste chiesto un solo motivo buono per vivere vi avrei risposto di prendere tutti i verbi del vocabolario e ognuno era un buon motivo per vivere, bastava declinarlo al presente, e questo non significava che io fossi felice ma almeno che avessi imparato a stare al mondo, e insomma quando mi misi ad approfondire, con foga ed entusiasmo e stupore, scoprii che la faccenda della Vlora era stata davvero grossa, il più grande sbarco di profughi nella storia italiana, più di ventimila su una sola nave, che attraccò all'inizio di agosto del 1991 nel porto di Bari. Florian era lì sopra.

Ora lo ammetto: forse non sono la persona giusta per raccontarvi questa storia. Non sto parlando della storia della Vlora, no, quello che intendo dire è che forse non sono la persona giusta per raccontarvi tutta la storia che vi sto raccontando, in generale. Non so se sono la persona giusta per farlo. Certo, ho studiato all'università, ma credo che mi manchi la prospettiva giusta, e poi in realtà io vorrei raccontarvi dei Murazzi e non della Vlora, però devo fare questa parentesi importante, perché ai Murazzi c'era Florian e Florian era arrivato in Italia a bordo della Vlora, vi accorgerete che tutto è collegato insieme, e molto più in profondità di quello che sembra.

Insomma, Florian era tra le migliaia di albanesi che in un giorno d'estate del 1991 avevano invaso il porto di Durazzo e assaltato con decisione il mercantile più grosso, la Vlora appunto, una nave lunga centocinquanta metri che era appena arrivata da Cuba carica di zucchero e stava finendo di sbarcarlo. Avevano divelto i cancelli di recinzione ed erano saliti con ogni mezzo immaginabile, molti si erano lanciati sulla nave direttamente dalle gru del porto. Quando il capitano aveva mollato gli ormeggi, perché in cabina lo stavano minacciando con le armi, era stato solo perché non c'era più spazio neanche per una mela, così diceva Florian. In biblioteca, con calma, avevo poi cercato i vecchi giornali e avevo trovato le foto della Vlora che arrivava nel porto di Bari e sembrava una carcassa appena tirata su dalla profondità del mare, sembrava senza contorni, come fosse completamente ricoperta di alghe e coralli e piante marine fino ai fumaioli e alle antenne del radar, ma non erano coralli, erano uomini, ventimila uomini, una marea di disperati, assetati, affamati, non so se li potete immaginare o ve li posso descrivere, ma se la trovate sembra una foto dell'inferno. E insomma, come raccontò Florian – e raccontava tutto questo faticosamente e mi stringeva forte e la sua stretta mi regalava momenti di totale pienezza e sintonia con il mistero della vita, come se per una volta tutto si accordasse perfettamente ai piani della Natura – e come raccontò Florian, dicevo, alla fine la Vlora entrò nel porto di Bari e allora, non sapendo cosa fare, la fecero attraccare a una banchina all'estremità del porto, isolata, e su quel molo sotto un sole feroce ben presto si riversò una massa incalcolabile di persone, stremata e fronteggiata da poliziotti, carabinieri, militari. Poi scattò l'astuzia italiana e la maggior parte degli albanesi venne reimbarcata su altre navi con la promessa di portarli ad Ancona e a Genova, e invece vennero riportati in Albania. Ma per altri, tra cui Florian, le cose andarono diversamente, anche se questo me lo raccontò molto dopo.

Una cosa che mi piaceva molto di quei tempi erano le fotografie, qualcosa di molto diverso da quelle di oggi. Adesso con il telefono cellulare ognuno scatta migliaia di foto ogni anno e non c'è una cosa sola degna di nota nella sua vita che riesca a sfuggire a quel piccolo obiettivo. Non so dire se sia positivo o negativo: a me non piace giudicare, cerco prima di capire, e poi so di non sapere nulla, sono esperta solo di me stessa e neanche poi così tanto. A ogni modo allora, invece, nell'arco di un anno si scattavano pochissime foto, in genere in vacanza, tanto che ci sono amici che oggi sono morti e di cui non possiedo neppure una immagine, come Nando e Margherita e Vins, e neanche so dove trovarne in rete, mentre oggi non c'è un solo essere umano in tutto l'Occidente che non abbia foto di se stesso sparse nell'ovunque digitale. Di Florian ho solo una fotografia: scattata una notte ai Murazzi proprio da Vins, nel giorno del suo compleanno. Mi ricordo che avevamo fatto una colletta e gli avevamo regalato una polaroid con un mucchio di ricariche («*Gentlemen take polaroids*», avevo scritto sul biglietto d'auguri) e Vins, che era uno che non viveva ma bruciava, le aveva inserite una dentro l'altra nella macchina come i caricatori di un kalashnikov, scattando ritratti a chiunque, e alla fine io e Florian ci eravamo scambiati le nostre rispettive fotografie. Quella di Florian la sto guardando ora: lui è preso a mezzo busto, indossa un giubbotto di jeans e ha la testa girata di profilo. Ha la carnagione pulita come quella di un bambino, la pelle del viso senza un'imperfezione. C'è qualcosa di particolare in quella foto, Florian sembra fragile, sembra che il suo sguardo trasmetta una richiesta precisa e disperata, quella di essere protetto, o forse questo è quello che ci ho sempre visto io, e continuo a vederlo. Chissà se lui, da qualche parte, ha ancora la mia polaroid, ecco la verità. Ora, se mi scusate, forse devo piangere qualche secondo. O forse devo tornare a ricordare, che ha lo stesso effetto e serve allo stesso scopo.

E insomma con Florian, poiché tutti e due lavoravamo di notte, cominciò uno di quei ménage ripetitivi e rassicuranti che sul momento mi sembravano quasi noiosi, ma era solo perché non capivo quanto mi sarebbero poi mancati (e triste è colei – cioè io – che tiene alle cose solo quando le ha perdute). Di fatto ormai lui stava da me e da Nenne, perciò alla chiusura dei locali arrivavamo a casa, facevamo l'amore, poi ci svegliavamo verso mezzogiorno, io andavo a fare la spesa o studiavo per gli ultimi esami di Lettere, leggevo gli insegnamenti dei nativi americani – «Dio dorme nei minerali, sogna nelle piante, si risveglia negli animali e diventa cosciente nell'uomo» – oppure Bakunin – «Senza l'orizzonte staremmo sempre fermi» – oppure pigronavo davanti alla tv, mentre lui studiava italiano scritto, o andava in piscina, o si esercitava in qualche arte marziale a me sconosciuta, e più spesso studiava libri di anatomia, la sua passione, sempre a scopi per così dire bellici, visto che Vins mi aveva detto che una volta Florian per liberarsi di un cliente molesto, un rasta greco fastidiosissimo che avevamo soprannominato Pita Tosh, gli aveva semplicemente puntato due dita sullo sterno, e quello era andato giù... incredibile a dirsi eppure quello era lo stesso Florian che mi baciava come un ragazzino e mi tempestava di carezze e di complimenti un po' stucchevoli, tra i quali il più usato era «sei bella come aurora», ed era strano che smozzicasse la parola, perché in genere Florian parlava un italiano perfetto – anche se era facile scambiarlo per un sudamericano perché aveva un'inflessione strana – e il vero significato l'ho capito più tardi ma in quel momento non ci potevo arrivare, perché la verità è che avere vicino Florian mi dava una gioia indescrivibile, stavo così bene che mi venivano i sensi di colpa, mi chiedevo se una felicità del genere sarebbe riuscita a rimanere impunita. E infatti poi.

Intanto la stagione andava avanti, la folla ai Murazzi non diminuiva, il lavoro era sempre lo stesso e sempre pesantissimo, ma comunque meglio che stare davanti a una pressa o a digitare bollettini all'ufficio postale. Mi ricordo che una volta si presentarono al bancone dei giornalisti francesi che stavano realizzando un reportage sul fenomeno dei Murazzi e così mi intervistarono e mi chiesero che cosa era cambiato in quegli anni, se i ragazzi secondo me erano uguali oppure peggiori di prima, e io risposi più o meno la verità, cioè che ci si drogava come cavalli, anche perché tutta l'ecstasy d'Europa veniva sintetizzata a Ginevra e noi eravamo vicinissimi, ma non mi sembrava che fosse peggio di prima, perché secondo me quelli precedenti erano sempre peggiori, i jazzisti degli anni Cinquanta si drogavano più delle star del cinema degli anni Sessanta, che a loro volta erano dei diavoli rispetto ai musicisti della scena disco anni Settanta, al cui confronto però i peggiori metallari anni Ottanta erano dei bambini e così via per i secoli dei secoli, perché i figli non riusciranno mai a emulare i padri, è ovvio. (Mesi dopo qualcuno mi fece leggere l'articolo dei due francesi e la mia intervista era stata tagliata.)

Dovessi mettermi qui adesso a pensare cosa è cambiato, be' qualcosa c'è: che a quei tempi non esisteva ancora il divieto di fumo nei locali pubblici e perciò quando io e Nenne finivamo di lavorare e tornavamo a casa puzzavamo come ciminiere e dovevamo mettere tutta la roba gonne maglioni magliette perfino i reggiseni in balcone perché tutto sapeva irrimediabilmente di fumo e credo che a quei tempi facessimo due lavatrici al giorno, ecco questa era l'unica cosa che davvero è cambiata oggi rispetto a quegli anni, per il resto non è cambiato nulla, oggi come allora c'erano personaggi di mille tipologie, studentelli, drogati, perdigiorno, spacciatori, chi faceva volontariato e chi si menava allo stadio, insomma buoni e cattivi di tutti i gradi ed è sempre stato così e sempre sarà così. Intanto la mia vita, l'ho detto, andava avanti con la stessa regolarità di un tram sui binari, stesso circuito ogni giorno, stesse fermate, stessi orari di uscita e di rimessaggio notturno, con la sola grande variante che a casa, di notte, ormai costringevo Florian a raccontare, avevo trovato un modo per farlo finalmente parlare, e malgrado non vedesse l'ora di scoparmi, io prima e dopo volevo che lui raccontasse, e alla fine lui era costretto a cedere ma lasciava sempre tutto a metà sul più bello, faceva salti temporali e alla fine mi sembrava sempre che mancasse qualcosa, che il quadro non fosse mai completo, perché lui lo dipingeva a livelli di colore sedimentati uno sull'altro, lentamente, strato dopo strato, e io facevo fatica a comprendere il disegno finale. Ormai passavo ore in biblioteca a leggere e rileggere i giornali del tempo della Vlora e a lui poi facevo continui interrogatori, cercavo raffronti e verifiche, non perché volessi dimostrargli che la sua storia mi interessava veramente ma proprio perché la sua storia mi interessava veramente, e Florian raccontava tutto, correggeva le notizie, le arricchiva di particolari, di precisazioni.

Io e Nenne avevamo un bagno tutto tappezzato di piastrelline azzurre di due centimetri di lato, tipo tessere di un mosaico ma smaltate su varie sfumature e perciò ognuna diversa dall'altra, e quando facevo pipì fissavo il pavimento cercando di trovare in certe singole piastrelline una sagoma che mi ricordasse qualcosa, un po' come leggere le nuvole ma in scala molto più piccola. Perciò, nel tempo, avevo individuato una piastrellina che sembrava la testa di Marx in miniatura, una piastrellina Jim Morrison a torso nudo, una Sid Vicious con i capelli sparati e così via, compresa la mia preferita, che era identica a quella famosa fotografia di Robert Capa in cui un soldato viene colto nell'atto in cui viene colpito, mi sembra fosse stata scattata durante la guerra civile spagnola, ma chi lo sa, avevo anche letto che forse in realtà era una specie di falso, adesso come adesso non importa a nessuno. Comunque, una mattina, mentre ero lì a caccia di vecchi e nuovi segreti visivi nelle piastrelline, tra cui una che sembrava il volto di Franz Kafka, esco dal bagno ed ecco che parte il solito attacco di Nenne.

Sì perché, nel frattempo che la mia storia con Florian andava avanti, Nenne, va detto, si era messa con un dirigente Iveco cinquantenne che aveva mollato moglie e figli per lei e, forse temendo che prima o poi gliel'avrei rinfacciato, viveva in una sorta di allerta costante, passando il tempo a sottolineare i miei errori e le mie debolezze, peraltro una pianura sconfinata in cui poteva scorrazzare libera come un'orda di unni armati di disappunto e deplorazione. Ogni tanto mi difendevo e allora partivano violentissime discussioni su qualsiasi inezia, che venivano sempre chiuse dal suo identico colpo basso: «Ma che ne vuoi sapere tu? Tu sotto sotto sei una fascista e una razzista, una che si eccita quando vede dei marocchini picchiati.» Ora devo precisare una cosa: io posso essere o non essere tante cose ma non accomunatemi a nessun bimbominkia leghistofascista se no divento una furia. E infatti diventavo una furia e le dicevo che quand'ero piccola una volta alla stazione uno aveva mormorato il classico «Quando c'era *lui* i treni arrivavano in orario», e mio nonno Mario che mi accompagnava, senza fiatare, gli aveva sputato in faccia e, quando quello aveva cominciato a protestare, nonno gli aveva detto «Quando c'era lui sono morti centinaia di migliaia di italiani. Compresi due dei miei tre figli», cosa che non solo era vera ma *si sentiva* che era vera e infatti il tizio aveva abbassato lo sguardo e si era allontanato, e adesso non vorrei perdere il fuoco di quello che sto raccontando, anche se continuo a perderlo, ma fascista a me non può dirlo nessuno, perché io in quella storia ho due zii morti e sono la nipote di nonno Mario, uno che mi ha educata a pane e antifascismo viscerale. Ma Nenne insisteva, diceva che non me ne accorgevo ma ero razzista, e allora perdevo le staffe e le dicevo che non era vero, che se non sopportavo quella banda di *persone* che faceva il bello e il brutto ai Murazzi era solo perché mi avevano rubato la borsa due volte e tentato di rapinare altrettante, e senza che la polizia facesse mai niente, come se Torino si fosse ridotta a un paesello in cui pochi mafiosi spadroneggiano su molti pecoroni, e le dicevo che, come lei sapeva benissimo, avevo tanti amici marocchini come Jamel, o tunisini come Adnen – «che tra l'altro, cara Nenne, a proposito di razzismo, dovresti sentirli parlare degli altri africani, perché loro mica si considerano africani, insomma è un gran casino» – e lei pronta mi accusava «Lo vedi, ti piace sottolineare che anche gli altri sono razzisti, perché ti rassicura, ti senti in compagnia», e lì ricominciavo a perdere la testa e la insultavo e finiva che non ci parlavamo per giorni e io me ne stavo lì a riflettere e mi sottoponevo a questionari del genere: sono razzista? Risposta: no. Considero alcune razze inferiori ad altre? Risposta: proprio no. Mi stanno sul cazzo i neri? Risposta: no. Gli orientali, i nativi americani, gli indostani (notare come sto usando tutte parole *politically correct*)? La risposta è: no, no e ancora no. Sono a favore dell'immigrazione? Sì. E allora Nenne partiva: sei d'accordo ad accogliere tutti? E io facevo l'errore di tentennare: cosa significa accogliere tutti? Se i cinquecento milioni di europei devono accogliere altri cinquecento milioni di non europei, non sono sicura che ci stiamo tutti, esitavo, e Nenne la chiudeva lì: «Lo vedi, sei razzista.»

L'assurdo della situazione era che con Florian, nelle pause del nostro intreccio di respiri, avevo discussioni di altro tenore, ma sullo stesso tema, e anche lui mi accusava di essere razzista, e magari questo accadeva subito dopo una discussione con Nenne, anche se lui lo faceva con altri argomenti, molto più difficili da controbattere. Alcuni erano pesanti e accusatori, e li rivolgeva a me come se fossi la responsabile unica dello stato del mondo, perché diceva che ero una privilegiata, una che studiava una materia inutile per lavorare, e passavo il tempo a bere e fumare e non avevo la più pallida idea di cosa avesse passato lui e di che cosa avessero passato tutti quelli come lui. Io timidamente protestavo e gli dicevo: «Ma come? Ma se sono lì a cercare di tirar fuori la tua storia con le pinze, ché non mi racconti mai niente se non sto lì a spingerti. E cosa posso fare io più che stare ad ascoltare, immedesimarmi, cercare di capire?» e allora in genere alla fine Florian pestava duro: «Quando saranno le vostre figlie a prendersi cura delle nostre nonne, quando sarete voi a prendere i barconi per andare a raccogliere pomodori e fragole in Marocco e a costruire le strade in Etiopia, allora riuscirai a capire.» E io cosa volete che rispondessi? Nulla, stavo zitta, randellata dall'amicizia e dall'amore.

Poi per fortuna Nenne e Florian cominciavano a scontrarsi tra loro, e quando lei lo provocava con il solito «Ma tu accoglieresti tutti?» anche lui tentennava e diceva «Questo meccanismo dell'emigrazione è come un ascensore. Perciò non sono sicuro di quante persone ci stanno sopra l'ascensore», e allora lei aveva buon gioco a dirgli: «Lo vedi, sei razzista anche tu.» E amen.

Nel novembre del 2012, dopo la chiusura d'autorità di tutti i locali, abbiamo celebrato i funerali dei Murazzi, con tanto di cassa da morto portata in giro per la città. Giancarlo era vestito da cardinale, Uedro da becchino, Nenne da dark lady, io da Manu. C'erano un migliaio di persone, quasi tutti over trentacinque o più.

Ogni tanto vengo qui a passeggiare la sera: hanno aperto qualche nuovo locale, cercano il rilancio, ma è tutta una cosa strana, come sfogliare una rivista musicale e trovare una foto dei Ramones tutti e quattro in Lacoste. Mi siedo su una delle panchine di pietra e osservo sfilare la gente, non più la folla di un tempo. Un signore senza una mano, con la camicia abbottonata sul polso. Tre ragazzini con tre bici identiche, tutte con il contropedale e un disco bianco all'interno del cerchione posteriore. Una coppia con una bambina che calza quelle scarpe che a ogni passo fanno un lampo di luce blu. Una ragazza con un pitbull senza guinzaglio, lei si ferma e lui anche, come un soldato. Poi lei ricomincia a camminare, lui anche. Una ragazza in bici con la minigonna. Solo guardando meglio mi accorgo che la gonna esce a campana sul sellino dove immagino lei appoggi direttamente con le mutandine.

Due kayak si staccano silenziosi dall'imbarco dell'Esperia e scivolano veloci verso il Valentino. L'acqua del fiume è immobile ma percorsa da migliaia di brividi, come le foglie di un pioppo quando c'è vento. Una turista fotografa la collina con il cellulare. L'amico italiano le spiega in inglese che quello è il Monte dei Cappuccini. «*Can we get a good cappuccino up there?*» chiede lei.

Mi ricordo di quando la mattina qui vedevo il sole sorgere e avevo la sensazione di essere dentro una magia.

Una notte, tornati dai Muri, Florian e Nenne cominciarono a litigare sulle solite questioni e alla fine Florian, esasperato, si mise a raccontare per filo e per segno come era andata la sua storia della Vlora, e io ascoltavo rapita, ma Nenne, ragazzi, Nenne era letteralmente incantata. E insomma Florian alla fine ci raccontò che, quando la maggior parte degli albanesi venne reimbarcata con l'inganno e riportata a Durazzo, lui invece venne rinchiuso insieme ad altri tre o quattromila nel vecchio stadio di Bari. All'inizio si sentiva bene, ogni metro che faceva era un metro in più dentro l'Italia, questo pensava, ma poi cominciarono a girare voci che li volessero tutti rimpatriare, cosa che in effetti era vera, e allora scoppiarono tumulti e scontri con la polizia e così lo stadio venne messo sotto assedio, nessuno poteva uscire, e Florian raccontava che i carabinieri lanciavano il cibo e l'acqua dall'alto, da oltre le tribune, con una autoscala dei pompieri, come si fa allo zoo con le bestie feroci.

Florian rimase chiuso dentro lo stadio di Bari per tre giorni, a combattere per conquistarsi un po' di pane e un sorso d'acqua, perché vigeva la legge della giungla, e ci raccontò che mentre a bordo della Vlora si respirava solidarietà e quando qualcuno stava male gli altri si stringevano per farlo stendere, gli facevano ombra, sventolavano una maglia per rinfrescarlo, invece dentro lo stadio fin dal primo momento, quando i poliziotti iniziarono a lanciare qualche bottiglietta d'acqua, ecco che avvenne la trasformazione più grande e impressionante, tutti contro tutti e vinca il più cattivo, e lui stesso ammise di aver fatto la sua parte, e confessò che la fame era come se non la sentisse, ma la sete, la sete era una brutta bestia, non gli faceva capire più nulla. Alla fine arrivò per tutti una nuova offerta italiana: tornare in patria in cambio di abiti puliti e di cinquantamila lire, che per un albanese a quei tempi erano una somma notevole, così molti accettarono i soldi e lo stadio venne svuotato. Tutti gli altri, gli irriducibili, vennero ingannati – come d'abitudine italiana, sottolineava Florian: fu detto loro che, visto che erano rimasti in pochi, potevano restare e li avrebbero trasferiti al Nord, invece li imbarcarono sui C130 militari e zac, nell'arco di un'ora, si ritrovarono a Tirana. Tutte queste cose Florian le venne a sapere solo mesi dopo perché per lui le cose andarono diversamente, e a quel punto aveva già lasciato lo stadio da un pezzo. Due giorni prima, infatti, a un certo punto arrivò l'annuncio che lasciavano libere le donne presenti. La sua fortuna fu una ragazza che non aveva mai visto e che si chiamava Aurora – a me e Nenne aveva colpito questo nome Aurora, non sapevamo che in Albania avessero anche nomi così simili ai nostri – con cui aveva scambiato solo poche parole, ma in nave l'aveva aiutata e le aveva regalato una prugna, e lei allo stadio, quando avevano annunciato che le donne potevano uscire, lo aveva afferrato per un braccio e lo aveva trascinato fuori urlando: «Lui è mio marito, lui è mio marito, cerchiamo il nostro bambino» – i bambini di notte li tenevano fuori, in una piccola tendopoli – e i carabinieri erano talmente stanchi e stremati e avevano gli occhi e le facce e i corpi esausti, e quella fu la fortuna di Florian, perché nessuno disse niente e lui si confuse tra le donne e finì su questo autobus stracarico e alla prima occasione uscì dal finestrino e scappò e si avviò lungo i binari della ferrovia, verso Napoli.

E poi Florian non aveva più detto nulla per almeno dieci minuti, non ce n'era bisogno, ed era strano come questo racconto del '91 si sovrapponesse alle vicende del '97, perché la guerra dei Murazzi fu combattuta tra italiani e stranieri, e Florian era uno straniero, ma della sua storia ormai io e Nenne conoscevamo ogni dettaglio mentre dei marocchini no, e questo – posso dirlo a posteriori – è il cuore della faccenda. Alla fine Nenne tornò alla carica e gli disse: «E allora come fai a pensare di non accogliere tutti, tu che hai vissuto una storia così sulla tua pelle? Allora sei razzista, vedi?» e lui, con calma, la voce cauta, aveva spiegato che non gli interessava se veniva chiamato razzista o meno, quello che sapeva è che lui non ce l'aveva mai avuta con nessun marocchino, neanche con Ahmed: «Lui magari mi odiava, ma io no. Io lo rispetto perché è come me. Abbiamo fatto la stessa identica strada, abbiamo attraversato il mare per trovare un posto dove non morire di fame, e in ogni caso mi sento più vicino e più fratello di qualsiasi immigrato di quanto lo sarò mai con un italiano.» E alla fine, prima di sedersi a tavola, aveva fissato Nenne e aveva detto: «Io so solo una cosa: la colpa non è mai di chi scappa.»

Intanto giù ai Murazzi la tensione saliva sempre di più e anche gli italiani erano diventati tutti più aggressivi, almeno da una certa ora in poi, perché prima le banchine venivano invase da fresconi di ogni parte della città e della provincia, di quelli che si sarebbero divertiti anche in autobus, gente diabolica, motivati dall'arroganza e sostenuti dall'ignoranza, gente che non si accorgeva di nulla di quello che li circondava, salvo trovarsi all'improvviso in un angolo con un cacciavite puntato alla gola e in due secondi via portafoglio e cellulare, così in mezzo a tutta quella folla, e allora increduli il giorno dopo scrivevano ai giornali piagnucolando che era una cosa inconcepibile, come mai nessuno li aveva avvertiti.

Una notte, al termine di un parapiglia gigantesco, trenta nordafricani ubriachi cominciarono ad avanzare uno a fianco all'altro da una parte della banchina, tutti armati di colli di bottiglia, e dall'altra parte si scatenò il finimondo, tutti che correvano all'impazzata, decine di persone si buttarono in acqua, alcuni finirono calpestati dalla folla, io mi salvai nascondendomi dietro una vecchia barca di legno che era lì semi abbandonata da mesi, appoggiata a un muro, rimasi immobile per dieci minuti come dentro il guscio di una tartaruga. Sui giornali neppure una riga, ma qualche giorno dopo i carabinieri misero una camionetta di presidio all'imboccatura della rampa di piazza Vittorio, mentre i vigili cominciarono a presidiare la rampa opposta su corso Cairoli, e in mezzo alla folla giravano gruppi di poliziotti e carabinieri, a volte addirittura qualche finanziere, ma erano gocce nel mare e poi a una certa ora sparivano e cominciava il bello, perché sembrava che i Murazzi nascondessero una calamita che attirava i peggiori della città. Come dicevo, anche gli italiani si erano fatti più violenti – mi ricordo che una notte Dario e Alessandra, alla chiusura di Giancarlo, trovarono una pistola nelle fioriere dei dehors ma la polizia, avvisata subito, si presentò tre o quattro giorni dopo – e chiunque sia stato lì potrà confermare che un bel numero di notti ormai finiva a risse e ambulanze, ma sembrava che le bande di nordafricani non si fossero accorte che il clima era cambiato, che era arrivata gente pericolosa. In una di quelle risse Florian prese una coltellata di striscio all'avambraccio da due italiani, ma riuscì a cavarsela bene, mentre a Vins andò malissimo. Un sabato notte buttò fuori da un locale due skin e quelli tornarono un paio di ore dopo e lo seguirono mentre andava alla macchina, gli spruzzarono in faccia dello spray al peperoncino e poi lo riempirono di calci, anche quando era a terra, naso, zigomo sinistro e tre costole rotte, milza asportata, fuori gioco per mesi. A proposito: poi si trasferì in Oman e un giorno mentre faceva una nuotata davanti a una bellissima spiaggia nel Sud del paese, quasi sul confine con lo Yemen, la corrente se lo portò via. Pare sia una cosa che succede molto spesso, per colpa dei monsoni, ma evidentemente nessuno l'aveva avvertito, mentre di ogni luogo bisogna conoscere i fantasmi, questa è la cosa più importante, l'ho già detto. Un bacio a te, grande mio amico Vins, dovunque tu sia finito.

A ogni modo, fu in quel clima di aggressività che una notte successe la vicenda di Abdellah, una vicenda che non solo finì sui giornali ma ci rimase per mesi e mesi, e fu come se di colpo qualcuno avesse puntato un cono di luce sui Murazzi e tutti finalmente dovettero prendere coscienza di quello che stava succedendo là sotto, ovvero che l'ordine del giorno – anzi l'ordine della notte – fatto di risse e accoltellamenti e botte e scippi e colli di bottiglia aveva oltrepassato ogni limite e tutti quelli che frequentavano il posto non ne potevano più e la rabbia stava covando sempre più forte e sarebbe bastata una scintilla per farla esplodere, perché la rabbia sommersa non esplode mai per combustione spontanea, ma se trova l'innesco giusto ci mette un secondo. Fu esattamente così che successe, come una bomba che ha bisogno di più elementi per deflagrare, anche la morte di Abdellah fu il risultato di una concomitanza di fattori tutti male assortiti nella stessa notte.

Era ormai luglio e faceva caldo e si respirava un'atmosfera estiva, i Murazzi sembravano la solita passeggiata di un lungomare ligure, e nell'arco della serata tra la gente c'era stato il solito stillicidio di scippi e poi era venuta notte e la folla si era fatta sempre meno fitta ed erano rimasti i soliti tiratardi, quelli che arrivavano da altre parti della città a bersi l'ultima birra o farsi l'ultima canna e tra questi c'era anche Yeti, un tizio che non conoscevo e che dicevano facesse parte dei Korps, gli ultrà del Toro, ed era giovane e certamente una testa calda e un rissoso ma non un assassino e se solo avesse potuto immaginare prima quello che sarebbe successo. In ogni caso era luglio ed era tardi, le quattro o le cinque, e io non so come partì la cosa perché ero lontana ma ci fu una rissa sulle scalinate tra un gruppo di italiani ubriachi e un gruppo di marocchini ubriachi e gli italiani ebbero la meglio e inseguirono i marocchini e tra questi uno corse dalla parte sbagliata, verso le banchine del fiume, e si chiamava Abdellah, fronteggiava gli italiani con un collo di bottiglia, finché Yeti che aveva il casco lo colpì, e Adbellah cadde e gli furono addosso e lo buttarono in acqua – era abbastanza normale che qualcuno finisse in acqua dopo le risse, succedeva praticamente ogni notte – solo che lì non si sa cosa successe e mentre Abdellah annaspava la gente iniziò a tirargli di tutto, soprattutto bottiglie e lattine, e Florian andò a cercare di calmare gli animi e non era il solo, qualcuno cercava di far tornare la ragione generale, ma c'erano decine di persone e quasi tutti erano ubriachi e credevano di fare una bravata e ridevano e qualcuno tirò in acqua anche una vecchia lucidatrice, poi sui giornali scrissero un aspirapolvere, e così, circondato dal più alto grado di stupidità umana possibile, Abdellah affogò.

Ora non ho nessuna intenzione di forzare in drammaticità, se volete i particolari li trovate in rete o negli atti del processo, visto che oggi non esiste più nulla di cui ci sia concesso non venire a conoscenza, in almeno una versione possibile. Quello che posso raccontare io è quello che mi ricordo, e cioè che quella sera, alla fine, avevo un bicchiere in mano e tremavo tutta, come se tenessi in mano un detonatore, mi ricordo che avevo pianto come una bambina, che Florian era livido dalla rabbia, mi ricordo che quando Abdellah sparì nelle acque del Po si scatenò un'altra rissa tra i suoi amici e gli italiani, e tutti quanti usavano le cinghie come fruste, e ricordo che questa rissa si spense solo all'arrivo di polizia e carabinieri e a quel punto la maggior parte di quelli che avevano partecipato al linciaggio erano spariti o facevano finta di nulla. Mi ricordo che qualcuno tra quelli che parlava alla polizia in realtà aveva partecipato, o comunque non era intervenuto, mi ricordo che sembrava che l'acqua del Po avesse cominciato a scorrere al contrario, un effetto dato dalla leggera brezza che si era alzata o forse dal fiume che prendeva le distanze, chi lo sa. Mi ricordo che nei giorni seguenti i media ci andarono a nozze – «Immigrato ucciso dal branco», scrissero i più teneri – i magistrati furono impietosi, nessuno calcolò la situazione generale, era difficile farlo dai divani in cui la sera guardavano la tv con le manine a reggere il calice di bianco, e se la polizia parlò di «un episodio non riconducibile a razzismo, ma piuttosto la conclusione tragica e quindi non meno grave di una lite tra ubriachi» la magistratura disse che non si poteva mettere in dubbio «che quella sera ai Murazzi vi fosse un'elevata componente di odio razziale. Abdellah Doumi ha pagato con la vita il prezzo di essere marocchino. A quel gruppo di giovani ragazzi italiani non è parso vero di poter sfogare una stolta rabbia su una persona assolutamente inerte.»

Tra le due posizioni – un gesto inconsulto o un omicidio per divertimento – c'era tutta l'acqua del fiume (e il fiume non ha mai smesso di scorrere) e alla fine ci furono precisamente quattro colpevoli, tra cui Yeti e Bosh. Bosh, uno dei buttafuori più noti dei Murazzi, che qualcuno accusò di aver tirato in acqua la lucidatrice, Bosh che era noto perché ci vedeva male ma rifiutava di mettersi gli occhiali, Bosh che si fece anni di galera e alla fine uscì ma morì nel marzo 2011, un anno prima che i Murazzi, grazie ai nostri insulsi quanto costosi amministratori cittadini, venissero chiusi. E dunque ci furono precisamente quattro colpevoli, e solo quattro, e tutta questa storia, lo ripeto, la potete leggere sui siti dei giornali, dove la vita non ha oblio, almeno fino alla prossima atomica, ma nessun giornale raccontò mai la verità.

Mentre la verità io me la ricordo bene: la verità fu che quella notte, oltre ad Abdellah, morirono i Murazzi. La verità fu che tutti tiravano in acqua di tutto, che ci fu un momento di tilt collettivo ma se avessero preso da parte uno per uno tutti i presenti e avessero fatto la domanda precisa, nessuno avrebbe risposto che stava consapevolmente uccidendo un uomo, è così che capita delle volte, si agisce come il branco di lupi di Rimbaud, e sono pronta a giurare che nessuno si tuffò per aiutare Abdellah almeno quanto sono pronta a giurare che nessuno si aspettava che quel poveretto affogasse, forse credevano che avrebbe raggiunto la sponda opposta, un triste esempio di come l'imbecillità singola sia pericolosa ma l'imbecillità collettiva sia letale. Una preghiera per Abdellah parta da ognuno di voi, adesso (io ripeto per ventidue volte: «Lui è una vittima. Io sono Manu. E tutte le vittime hanno l'amore di Manu»). E anche una maledizione parta da ognuno di voi, a quei tanti che se ne sono andati come nulla fosse, non hanno mai parlato, non hanno mai pagato. Sono in giro in parecchi.

Una cosa che mi ricordo bene delle settimane successive è che facevo sempre lo stesso sogno, un sogno in cui io ero da qualche parte – il luogo cambiava – ma alla fine arrivavano delle persone, mi inseguivano e mi catturavano. Non sapevo mai se dopo che mi avevano catturato mi facevano del male o mi violentavano, non arrivavo mai a quel punto, mi svegliavo prima.

Ho scritto: una preghiera parta da ognuno di voi, adesso. Fatela.

Per favore.

Non l'ho ancora detto ma Nenne era bellissima. Se nel locale dove lavoravamo entrava un cliente e dietro il bancone c'eravamo io e lei potevate scommettere senza paura centomila lire su dove si sarebbe diretto. Nenne aveva i capelli biondo cenere tagliati all'altezza delle spalle, gli occhi di un marrone così chiaro che sembravano di miele e un difetto ai denti che la rendeva ancora più bella: i suoi incisivi infatti erano leggermente curvati all'indietro e questo metteva in evidenza i canini, il che ricordava certe attrici famose tipo la protagonista del *Giardino delle vergini suici-*

de, che adesso come adesso non mi viene in mente come si chiama. Una volta io e Nenne ci eravamo anche baciate ma c'è da dire che avevamo in corpo più MDMA di quella presente su un carro della Love Parade e dopo avevamo fatto finta di nulla, come non fosse mai successo, per fortuna. Come invece ho già detto, con Nenne litigavo praticamente su qualunque argomento: poteva essere politica o pulizie di casa o cosa cucinare a pranzo, sembrava assurdo, ma qualunque fosse il tema, be' le nostre opinioni stavano sempre all'opposto. Nelle settimane successive alla morte di Abdellah le mie discussioni con Nenne sulla faccenda non si contarono: lei sosteneva che erano tutti degli assassini mentre io dicevo le cose che ho scritto sopra, dicevo che secondo me era più una tragedia che qualcosa di intenzionale, e così io la accusavo di aver sposato la versione della magistratura e lei mi rinfacciava di aver sposato quella della polizia, e io protestavo «Ma Cristo, lavoro là sotto da anni, ero presente: avrò bene una versione mia, no?» e alla fine di una di queste infinite discussioni Nenne aveva chiuso con la solita tiritera, e cioè che sotto sotto e inconsapevolmente io ero razzista, ma quella volta mi ero infuriata davvero, non ne potevo più, e avevo risposto: «Ma se sto con un albanese?» E Nenne aveva ribattuto: «E cosa vuol dire? Sei razzista lo stesso.» Alla fine io, come sempre, ero rimasta un po' a rifletterci sopra e mi ero messa a ripensare un po' a tutto, al motivo per cui questa violenza in qualche modo mi affascinasse più di quanto mi terrorizzasse, soprattutto pensando che avevo dei ricordi personali traumatici in proposito. E allora erano riaffiorati due episodi della mia adolescenza – a proposito, Kirsten Dunst: ecco come si chiamava l'attrice – e gli episodi erano questi.

Il primo risale a quando ero poco più che una bambina, in terza media, una delle prime volte che mi avevano dato il permesso di uscire un pomeriggio da sola con un'amica. Eravamo andate a guardare le vetrine in piazza Vittorio e poi eravamo scese ai Murazzi – là dove il fiume non ha mai smesso di scorrere, e se è vero che certe cose ritornano è solo perché il fiume non ha mai smesso di scorrere – e lì tre teppistelle poco più grandi di noi ci avevano avvicinato. La mia amica era riuscita a scappare in tempo mentre io ero rimasta sola contro le tre e una, la più grande, mi aveva chiesto i soldi ma io non ne avevo, allora mi aveva tirato uno schiaffo fortissimo in faccia, uno schiaffo come neppure mia madre nei suoi peggiori accessi d'ira mi aveva mai dato, e a quel punto per fortuna una coppia di ragazzi, gli unici tra i tanti ignavi passanti, era intervenuta e le tre erano scappate e per settimane io non avevo più voluto uscire di casa, e mia madre proprio non capiva, ero stata mesi a implorarla di uscire da sola e ora improvvisamente non ne volevo più sapere. Ma questa storia è un'inezia al confronto di quello a cui avevo assistito a quindici anni, in vacanza di studio a Brighton, sulla Manica. Lì gli scontri tra studenti europei e inglesi erano quotidiani, e c'era una sorta di leggenda su questo gruppo di skinhead pazzi, girava voce che l'anno precedente avessero castrato due ragazzini romani con uno schiaccianoci – una leggenda forse, ma metteva i brividi – e malgrado tutto erano sempre i maschi a darsele perciò per noi ragazze e per me in particolare erano state vacanze tranquillissime, e io mi ero accompagnata ogni sera a un ragazzo diverso, svedesi e danesi e norvegesi un po' ingenuotti ma biondi e alti e belli come dèi del Walhalla, oltre che a un giovanissimo mod che si chiamava Pete e aveva una vecchia lambretta con la coccarda dell'aeronautica britannica sulle fiancate. Insomma tutto andava benissimo finché una notte, davanti alla stazione del bus, un tedesco mastodontico aveva litigato con due skinhead inglesi molto più piccoli, ma questi lo avevano massacrato e alla fine avevano preso a sbattergli la fronte sullo spigolo del muro di un Wimpy, una specie di MacDonald's dei tempi, e c'era sangue ovunque, anche il giorno dopo, e io avevo chiesto all'organizzazione di tornare a casa perché non volevo più assistere a niente del genere per tutta la mia vita.

Così io passavo i pomeriggi a passeggiare e fumare ai Murazzi con Nenne, il fiume trasmetteva una tranquillità che non si può descrivere, e stavo lì a riflettere a voce alta su come le cose erano cambiate – perché i due skin di Brighton mi avevano terrorizzata e invece gli hooligan inglesi che avevano fatto la guerra sotto casa nostra mi avevano affascinato? –, e proprio non riuscivo a capire in che punto esatto le cose avessero cominciato a cambiare, mi chiedevo per l'ennesima volta se ero davvero razzista come diceva Nenne – e Nenne mi conosceva bene – e mi rispondevo per l'ennesima volta che no, non avevo intolleranze verso nessuno, anche perché avevo questa convinzione che ogni uomo potrebbe essere Dio – l'ho già detto, no? – e avevo sempre pensato che il paradosso dell'intolleranza di Karl Popper che studiavo all'università – i tolleranti in nome della tolleranza non devono tollerare gli intolleranti – fosse un ragionamento intollerante, e mi ci perdevo dentro. E Nenne insisteva: «Pensaci bene. Pensa se quella sera fossero stati i marocchini a sbaragliare gli inglesi. Tu avresti assistito con la stessa attenzione, con la stessa partecipazione?» E allora io ci pensavo bene e rispondevo: «Certo, non ho nessun dubbio.» Ed era la pura verità. Così dentro di me le domande cambiavano e prendevano nuove forme: perché sentivo questo sottile piacere negli scontri a cui assistevo? Perché trovavo che ci fosse qualcosa di magnetico nella violenza, come una droga? Alla fine Nenne mi aveva aperto la testa: «Non sei la sola a cui piace, purtroppo» aveva detto. «L'odio è una cosa facile, ci siamo portati dalla nascita. Ci sarà un motivo se la storia del mondo dall'uomo del Neanderthal in poi è una costante carneficina, no? E senza contare che, puoi fartene una ragione o meno, sei razzista.» E amen anche quella volta.

Anche se non ho perso neppure un festival di musica elettronica degli ultimi anni, a me tutta la musica che piace finisce nel '98. Non che poi non ci sia stata più buona musica, assolutamente, ma forse è che dopo una certa età cambia l'intensità di certe emozioni, perciò io continuo a sentire *Mezzanine* e magari fuori piove e sono seduta alla finestra e guardo fuori e fumo e ascolto i Massive Attack, e so che Massive Attack è l'altro nome di Dio. Ho superato i quarant'anni. E sapete quelli che vi raccontano la loro incredibile storia e alla fine vi dicono: ma io non mi sono mai perso d'animo? Ecco, io sono di quegli altri, sono di quelli che invece alla fine si sono persi.

Avvenne tutto nel modo che, a posteriori, era il più semplice e prevedibile. Insomma, le giornate passavano, i Murazzi erano sempre più caldi e io ero sempre più innamorata di Florian. Dopo la faccenda di Abdellah e la presa di posizione netta delle istituzioni e dei media, le cose non cambiarono molto, certo la presenza di polizia e carabinieri aumentò, ma la verità è che molti non si erano neppure accorti della guerra in corso, e tutto fu derubricato a un episodio casuale, all'assassinio del branco. Quando chiedevo a Florian cosa ne pensasse lui diceva che in Albania cose del genere ne aveva viste, ma aveva sempre visto i molti intervenire per riportare alla ragione i pochi, e prima che avvenisse il peggio, mentre con Abdellah erano intervenuti solo lui e una manciata di altri, e alla fine chiudeva con qualche sentenza di disprezzo sugli italiani. Una volta mi disse queste testuali parole, impossibile dimenticarle: «Gli italiani sono il popolo peggiore: hanno moltissima considerazione di sé ma pochissima dignità personale.» Questo era quello che pensava Florian, lo stesso Florian che giorno per giorno, me ne accorgevo, risaliva dalla sua letteralmente abissale ignoranza per scoprire un mondo che per me, mi accorgevo anche di questo, era normale. Mi ricordo che una volta sentendo alla radio *Let It Be* e riconoscendola, Florian si illuminò e mi disse: «Ehi, questi sono i Beatles», con sul viso l'espressione di soddisfazione di uno che ha saputo riconoscere in due note un pezzo di qualche oscuro gruppo tipo Jason & the Scorchers oppure The Men They Couldn't Hang.

Di pari passo in Florian prendeva coscienza anche un altro tipo di cultura, la consapevolezza di sé, di quello che era e di quello che rappresentava e le discussioni contro me e Nenne erano continue – una tiritera di «io sono un emigrato che lavora, non ho mai smesso di lavorare un solo giorno, e ho sempre trovato qualcuno che avesse bisogno del mio lavoro, mentre voi italiani? Avete davvero voglia di lavorare? E allora come mai senza essere amico di nessuno, conoscendo appena la vostra lingua, senza appoggi né famiglia né parenti né amici, senza aver studiato, io ho sempre trovato lavoro? O c'è tanto lavoro oppure sono migliore di voi, perché non è che mi faccio pagare in mele? E voi? Voi lavorate tutto il tempo? Non mi sembra. Forse l'hanno fatto i vostri nonni, forse l'hanno fatto i vostri padri. Ora lo faccio io» – e le chiusure di quegli attacchi erano sempre frasi sferzanti o giudizi sprezzanti, del genere: «Voi non capite, e quando capirete sarete terrorizzate, perché quando sarà il momento della vera lotta voi italiani verrete sbaragliati, non avete nessuna possibilità: vinceranno quelli che sono più abituati a lottare, quelli che hanno attraversato il deserto a piedi o il mare sui barconi.» «Siete già estinti» diceva Florian.

Secondo una mia personale ricerca scientifica, abbiamo dai quarantamila ai sessantamila pensieri al giorno. Il novanta per cento sono gli stessi del giorno precedente. Poi tendono a sfilacciarsi, quelli del nuovo ieri si depositano su quelli dell'altro ieri e si va avanti così. Però ci sono pensieri che rimangono in superficie nonostante il passare del tempo, sono i ricordi che si imprimono con più forza nella memoria, come il giorno in cui tutto finì. Quella sera ero con Uedro e stavamo sulla balconata che sovrasta i Murazzi, dove c'è il monumento a Garibaldi, e in pratica era già da giorni che Florian era di nuovo in cattive acque perché aveva litigato con due nordafricani e li aveva massacrati – perché, a dispetto di tutte le sue teorie, evidentemente si trovava in una fase di lotta con i bersagli sbagliati, quelli che lui asseriva essere i suoi fratelli – e allora avevano ricominciato a minacciarlo in tutti i modi, e morale io stavo là sopra ed erano le solite quattro e mezzo del mattino, avevamo appena chiuso e intorno al monumento c'erano Nenne e una decina di avventori mentre io e Uedro eravamo lì appoggiati al parapetto a fumare e guardare il fiume mentre aspettavamo che Florian finisse – era lui a chiudere il locale dove lavorava – per andarcene a casa.

E in pratica a un certo punto c'era solo questa spianata di bottiglie di birra rotte e lattine e cartacce e sporco e il resto un deserto, non c'era ancora la tendopoli di qualche anno dopo, la visuale era libera, illuminata dai tanti lampioni e insomma giù dalla discesona di piazza Vittorio arrivano sei o sette nordafricani tutti sbronzi che mulinano bottiglie rotte e tutti urlano contro Florian e sulle banchine c'è solo lui e allora subito io e Uedro iniziamo a urlargli di stare attento ma lui fa la cosa più incredibile del mondo. Florian guarda verso i marocchini, che saranno ormai a cinquanta metri e stanno correndo disordinatamente verso di lui e allora tira fuori dalla tasca un oggetto che da qualche tempo portava sempre con sé, un manganello telescopico, e io e Uedro siamo increduli e Florian comincia a correre in direzione del gruppo, che è ormai a venti metri e da sopra è davvero strano quello che vediamo: vediamo un uomo solo che si butta per farsi massacrare, una sorta di suicidio e invece Florian sembra il samurai Goemon dei cartoni animati di Lupin III, arriva davanti ai primi e tira tre colpi con quel manganello e i tre rimangono a terra, quello che ha preso il primo colpo ha la mandibola completamente molle, poi le manganellate continuano sugli altri, e Uedro chiama Nenne e gli altri che dal monumento ci raggiungono anche loro al parapetto, mentre là sotto Florian continua, e quattro e cinque, tutti colpiti in faccia, nasi, zigomi, mandibole, tutto alla velocità con cui un mago fa sparire una moneta, quasi non riusciamo vedere cosa succede, vediamo solo che tutti stramazzano in terra e si tengono il viso, e sangue dappertutto, e gli ultimi due che scappano e Florian che li insegue, ne colpisce ancora uno sulla nuca, il manganello telescopico è come una frusta che fischia nell'aria, si abbatte con forza allucinante e poi rimbalza, e l'ultimo lo attacca sulla salita, una gragnola di colpi alla schiena alle gambe alle braccia, e noi siamo troppo lontani, non distinguiamo più bene quello che succede e non sentiamo più i fischi delle frustate e tutti siamo un po' intimoriti e non sappiamo che dire, e alla fine vediamo Florian risalire verso piazza Vittorio dopo aver lasciato dietro di sé questa scia di gente a terra, sette nell'arco di trecento metri, e peccato che nessuno avesse una telecamera, perché se l'avessimo avuta quel video avrebbe spopolato, e alla fine Uedro fa un ultimo tiro di canna e dice rivolto a me: «Be', fossi in te, non lo farei arrabbiare.» Io tremavo.

Poi, per giorni, avevo riflettuto con Nenne: ma che cosa esattamente mi affascinava in tutto questo? L'orgoglio del guerriero, una cosa a metà tra *Il Gladiatore* e *300* – storie che a quei tempi ancora dovevano essere scritte e che, in definitiva, ho sempre odiato – oppure una specie di rivincita del *solo* contro i *tanti*, del più debole contro i più forti, una specie di rivincita di tutti i torti che io personalmente avevo subito, o credevo di aver subito? Oppure, ancora, la semplice riuscita di un piano ben orchestrato, ovvero quello con cui tutti i media ci terrorizzavano da anni, urlando attenti ai diversi, i diversi sono i vostri nemici? E quando finivo di discutere con Nenne continuavo a discutere con me stessa: mi chiedevo se alla fin fine questa violenza era davvero dentro noi per natura, alla faccia del buon selvaggio di Rousseau, mi chiedevo perché, quando camminavo sul marciapiede e qualcuno mi passava vicino in bicicletta, sfiorandomi, la prima reazione fosse quella di tiragli un pugno, anche se mi controllavo. Perché era necessario che mi controllassi? Perché sentivo consapevolmente di avere ben innestato dentro di me questo inesprimibile istinto alla violenza, una piccola carica che ogni volta dovevo disinnescare? Perché, nonostante millenni e millenni di evoluzione, eravamo rimasti così animaleschi? E davvero potevamo arrivare a pensare che la natura – ben oltre qualsiasi istinto di sopravvivenza – ci avesse deliberatamente creato violenti? Era un pensiero ammissibile? Era un pensiero tollerabile?

Non avevo risposte e non ne ho. So solo che da lì in poi le cose cambiarono definitivamente. Era ovvio che Florian ai Murazzi non poteva più neanche farsi vedere, prima o poi avrebbe preso una coltellata tra le scapole, lo sapeva anche lui. La cosa si era venuta a sapere a vari livelli e c'era un mucchio di gente che lo cercava anche di giorno e alla fine venne a vivere definitivamente da me. Riprese a fare il muratore in cantiere, e tutto andò bene finché un giorno tornai a casa e lui non c'era, e la sua roba non c'era, c'era solo una lettera che poi gettai via dalla rabbia, dove sostanzialmente raccontava che tutto quello che aveva fatto, la trasferta al Nord, i cantieri, il buttafuori, l'aveva fatto unicamente perché era innamorato di quella ragazza che si chiamava Aurora, quella che lo aveva tirato fuori dallo stadio di Bari, e non aveva mai smesso di sentirla e adesso aveva messo da parte abbastanza soldi per tornare da lei a Tirana e sposarla. La lettera finiva con un ciao.

E poi furono notti in cui non dormivo mai e tutto si accatastava nella testa, sensazioni terribili, e ogni cosa nella mia vita non era più a posto, a tutto mancava un senso, mi drogavo come un vecchio jazzista, litigavo con i baristi di ogni altro bar urlando: «Se ti chiedo una vodka lemon, ciccio, non è per il lemon ma per la vodka», e vivere normalmente era diventata una cosa impossibile, e Nenne in macchina in giro per Torino cercava sempre di consolarmi, diceva che le ragazze sono il top, che non è vero che esistono due sessi, ma tre – gli uomini, le donne e le ragazze – e le donne vorrebbero tornare ragazze, gli uomini vorrebbero tornare ad avere ragazze, perciò le ragazze sono il centro del mondo e siccome siamo ragazze godiamocela, diceva, ma io non sentivo le sue parole, mi concentravo sul rumore che faceva lo sterzo quando girava a destra, ta-ta-tatta tara-tatata-tatta, un problema al giunto che ricordava la chitarra di The Edge in *Until the end of the world*, e per me era davvero arrivata la fine del mondo e nella mente mi rimbombavano tutti i pensieri più tristi, pensavo al fatto che chi ha inventato il mondo se l'è pensata bene questa cosa di spargere così tanti esseri umani sul pianeta per poi farli accoppiare contro qualunque buonsenso, tanto che Dio stesso secondo me è del tutto incapace di prevedere quali incroci si formeranno, quali figli nasceranno, se saranno biondi bruni rossi – perché Florian non abbiamo fatto un figlio insieme? – e intanto Tirana era diventata ricca e molti anni dopo, nel 2013, Uedro era andato lì a lavorare e mi aveva detto che era tutta piena di Mercedes e Range Rover e dehors e locali ovunque e cantieri e belle ragazze e un clima rilassato, e «Sembra un campo rom dove hanno tutti vinto al superenalotto» raccontava Uedro, e mi venivano in mente cose strane, tipo che non sarei mai più stata felice, e stringimi più forte, stringimi più forte, Florian, asciugami i capelli di carezze, e quante volte sono salita con te per le scale o su quell'ascensore che profumava di menta e avevo il batticuore, e facciamo la doccia insieme, e pazienza se l'acqua sa così tanto di ferro che ogni volta istintivamente uno controlla se non gli stia sanguinando il naso, e dai forza fammi vedere questa mossa di karate e io ti faccio vedere come si fa la ruota, anzi no, non farmi vedere nulla, non parlarmi di botte e di lotte, non dirmi che perderemo, non mi interessa, lo sai, le persone dovrebbero occuparsi di una sola cosa: essere esseri umani, e perché il cuore sta in una gabbia – toracica – e la mente in una scatola – cranica –? e ti porto a vedere una mostra di Fontanesi alla Gam, e i tuoi muscoli caldi dopo la doccia, il tuo sorriso, la gentilezza, e non dirmi che siamo diversi, non dirmelo mai, perché alla fine ragioniamo tutti allo stesso modo e siamo tutti uguali ma nella segreta tacita convinzione di essere speciali rispetto a tutti gli altri, e scaldami, ho freddo, e raccontami per bene della Vlora, perché non mi racconti bene per filo e per segno, raccontami di tua madre, di Tirana, raccontami delle pannocchie di mais, fidati di me, faccio la barista, so ascoltare, non senti che questa città è speciale?, è un luogo magico, questo fiume è speciale, non smette mai di scorrere, e se è vero che ci dimentichiamo le cose è solo perché non smette mai di scorrere, e se è vero che certe cose ritornano è solo perché non smette mai di scorrere, ma se a te non piace scappiamo, scappiamo verso levante, lo sai che se scappiamo verso levante acceleriamo il tramonto?, stringimi forte, Florian, abbracciami, non senti che è solo così che possiamo capirci, che siamo decifrabili solo in certe combinazioni, come frammenti di vetro dentro un caleidoscopio che ruota senza sosta, e io e te insieme siamo proprio quella combinazione, le tue carezze, e le passeggiate al Valentino all'alba, fumare canne sull'erba tirando patatine fritte ai piccioni, ero radiosa allora, contenevo una felicità così piena che avrei potuto urlare, e invece adesso, adesso vorrei non scoppiare a piangere mentre cammino per strada e guardo le vetrine, perché non riesco a vincere questo dolore, perché?

Otto progetti per la costruzione di una nuvola

Io e Claudio Mora eravamo planati sul Lido qualche giorno prima dello show e l'avevo subito convinto a prenderci una stanza in un hotel di Malamocco, per ragioni hugoprattiane, ovvio, visto che il creatore di Corto Maltese aveva vissuto a lungo proprio lì. E infatti sul tavolino della hall del nostro minuscolo quanto incantevole albergo faceva bella mostra un cartonato di Pratt, spesso come un volume d'enciclopedia, che mi ripromisi subito di rubare ma che poi, considerando che l'oggetto avrebbe potuto far conoscere il Maestro a qualche profano, lasciai esattamente dove si trovava.

Io e Claudio Mora avevamo organizzato lo show al Palazzo del Cinema, proprio dove a settembre sfilano le star di Hollywood. Avevamo arruolato una decina di modelle per le acconciature, più sei per le colorazioni e altre sei disposte a farsi tagliare i capelli durante lo show. Quanto alla platea, c'erano oltre seicento parrucchiere prenotate, felici di passare due giorni al Lido completamente spesate dall'azienda di prodotti per capelli di cui erano clienti, quella che pagava me e Claudio Mora.

La star dello show doveva essere un parrucchiere anglo-giapponese che si chiamava Hiroshi Takimura: aveva un salone con quasi cinquanta lavoranti a Londra, praticamente un'azienda. Ci avevano detto che tra le sue clienti c'era qualche attrice famosa, tipo Helen Mirren, idiozie del genere, ma la verità è che non avevamo scelto noi Takimura, ci era stato suggerito dall'azienda. Dopodiché avevamo cercato il suo sito e sull'homepage campeggiava la foto di un giapponese con i capelli lunghi, a cavallo di una Harley, con il giubbotto di pelle nera e il pollice alzato. Ci era piaciuto subito.

Erano i primi giorni di luglio e il Lido – l'isola che fa da barriera a Venezia, separando la laguna dal mare aperto – era un formicolio di turisti che di giorno affollavano la spiaggia di dune e di sera le trattorie di pesce. Malgrado l'invasione, Malamocco riusciva però a conservare una dimensione più intima e senza tempo, con le sue costruzioni basse, le pietre bianche, le vecchie sedute davanti alla porta di casa mentre i bambini giocavano a pallone in strada.

Due giorni prima dello show, mentre il lavoro organizzativo procedeva liscio e rotondo come una fede d'oro, io e Claudio Mora prendemmo il vaporetto e andammo all'aeroporto. Hiroshi Takimura scese con un solo accompagnatore, mentre noi aspettavamo tre persone. Era vestito tutto di nero, tranne un paio di Ray-Ban con le lenti a goccia azzurrate: dopo averci salutato con un rispettoso inchino, senza stringerci la mano, ci spiegò che il terzo collaboratore aveva perso l'aereo, ma era tutto a posto, sarebbe arrivato l'indomani.

Prendemmo il vaporetto per il Lido e chiacchierammo un po' in inglese. Hiroshi si lodava parecchio, ma con ironia tutta britannica, anche se diceva di essere giapponese al cento per cento, poi accennò anche a una sua famosa cliente, una cantante irlandese, riferendosi a lei con un divertito «*that fuckin' idiot*». Arrivati al Lido prendemmo la macchina noleggiata da Claudio, una Bmw davvero brutta, con l'intenzione di portarli in albergo, ma non ci fu verso. Malgrado fosse martedì pomeriggio e lo show fosse previsto per giovedì sera, malgrado fosse appena sbarcato da un volo internazionale, Hiroshi insistette nel visitare subito il luogo dello show. Così lo portammo al Palazzo del Cinema e, guidati da un addetto, gli mostrammo il parterre, il palco, i camerini. Tutto sembrava piacergli. «*Cool*» diceva sempre.

Il suo aiutante – si chiamava Makoto – lo seguiva in rigoroso silenzio, con deferenza, e spesso avevano lunghi dialoghi in giapponese in cui era evidente che Hiroshi dava le istruzioni e l'altro le riceveva.

Alla fine Hiroshi chiese il programma per i giorni successivi e noi glielo spiegammo: l'indomani mattina era prevista la presentazione dei parrucchieri italiani che lo avrebbero aiutato e subito dopo il casting delle modelle, per dividere quelle disponibili a tagli e tinte da quelle disponibili unicamente ad acconciature. Il pomeriggio rimaneva a disposizione per i tagli preparatori, le colorazioni, gli ossigeni, insomma le solite cose. Giovedì alle sette del mattino: convocazione. Giovedì alle diciotto: show sul palco.

«Che fate stasera?» chiese Hiroshi spiazzandoci.

Io e Claudio Mora ci guardammo indecisi. Eravamo lì da due giorni e avevamo passato le precedenti serate a bere vodka in un baruccio del Lido, con una determinazione da dopolavoro moscovita. Ma quella sera il programma era chiaro: c'era la semifinale dei mondiali di calcio, Italia-Germania, e non ce la saremmo persa per niente al mondo.

«Stasera gioca l'Italia, Coppa del Mondo, a Dortmund» spiegai.

«Possiamo cenare tutti insieme in qualche posto con uno schermo» propose Claudio Mora.

«*Cool*» rispose Hiroshi. Poi li accompagnammo in hotel.

A cena Makoto non si presentò e Hiroshi non rispose alle nostre domande in merito, come fosse naturale. Immaginai che forse, in un rapporto come il loro, l'impiegato non andava a cena insieme al principale.

Trovammo un ristorante da turisti con ancora un tavolo libero e ci accomodammo. Era una grande stanza rettangolare con le tovaglie salmone, l'aria condizionata al massimo e un grosso televisore sulla parete.

La partita cominciò e Hiroshi non sembrava molto interessato: si limitò a sottolineare che tutte le finaliste – Italia, Germania, Francia e Portogallo – erano europee e poi mangiò come un caimano, soprattutto pesce e crostacei. Io e Claudio Mora, invece, non riuscivamo a staccare gli occhi dallo schermo: l'Italia giocava davvero bene, come ammise anche un padre di famiglia tedesco seduto al tavolo accanto con tre bambine talmente bionde e bianche da sembrare albine.

Al novantesimo l'arbitro fischiò, con il risultato ancora fermo sullo 0-0. Nei primi minuti supplementari l'Italia colpì la traversa e, subito dopo, il palo. Hiroshi cominciò ad animarsi e parlò di rigori, confermando così, a dispetto del suo ostentato disinteresse, di conoscere perfettamente le regole. Ma proprio al 119°, Grosso, con un sinistro preciso, batté Lehmann, portando in vantaggio l'Italia. Mentre il ristorante esplodeva con tutti che saltavano per aria e si abbracciavano – osservati, va detto, dagli sguardi glaciali delle tre minuscole albine – Del Piero realizzò su contropiede il definitivo 2-0.

Al termine della partita, nell'euforia generale, Hiroshi ordinò una bottiglia di champagne in onore della squadra italiana che, disse, «non aveva mollato fino all'ultimo, come un vero giapponese». Avevamo già in corpo due bottiglie di vino bianco in tre, ma onorammo l'offerta.

A quel punto Hiroshi divenne una furia, non stava più zitto un secondo. Ci parlò del suo paese d'origine, il Giappone, e di quello di adozione, l'Inghilterra, di come andavano gli affari, di quanto gli piaceva il suo lavoro, di come era arrivato dov'era, della vita a Londra, dei film di Shinya Tsukamoto e del perché l'umanità meritava di essere sopraffatta dagli insetti ma bisognava continuare ad amarla. Gli chiesi se voleva vedere Venezia in festa, ma rispose che era la sua sedicesima volta in Italia, di festeggiamenti ne aveva visti anche troppi e andava benissimo restare al Lido.

Alla fine ci chiese se sapessimo il significato del nome Hiroshi. Non lo sapevamo. Non ce lo spiegò.

Lasciato il ristorante, mentre i caroselli dei tifosi cominciavano a invadere la strada, decidemmo di fare due passi e alla fine ci infilammo in un bar dai soffitti altissimi con un'enorme porta di vetro. Una pioggerellina impalpabile scendeva su tutta l'isola. Nel bar c'erano due gemelli sulla sessantina che, malgrado la stagione, indossavano entrambi due impermeabili beige identici, alla Humphrey Bogart. Ordinammo da bere – vodka e tonica per tutti – e facemmo un bel po' di giri, io raccontai del legame tra Malamocco e Hugo Pratt e di come Corto Maltese, dopo aver scoperto di esserne privo, si fosse inciso la linea della fortuna sulla mano con il rasoio del padre. Hiroshi rimase ammirato da quella storia, disse che era molto giapponese, e da quel momento prese ancora più confidenza e cominciò a chiamarci VittorioSan e ClaudioSan, cosa che ci inorgoglì immensamente. Un paio d'ore più tardi il bar chiuse e ci buttarono letteralmente fuori.

Risalimmo in macchina ma, sulla strada di ritorno verso Malamocco, apparve improvvisamente un piccolo campo da calcio in cemento. Claudio aveva un pallone sulla Bmw e così fu automatico scendere e metterci a giocare.

Dopo qualche passaggio, optammo per una sfida ai rigori. A turno uno si metteva in porta, uno sul dischetto e il terzo nella posizione dell'arbitro.

Claudio, che era un buon giocatore, segnava quasi sempre, io avevo una media leggermente più bassa, mentre Hiroshi era talmente sbronzo, ma anche sfortunato, che non riuscì a fare un solo goal per quasi venti minuti. Facevamo finta di niente, e anche lui, ma la cosa pesava a tutti. Eppure non c'era verso: all'inizio paravamo i suoi tiri ma dal momento in cui smettemmo di farlo, per dovere di cortesia verso l'ospite, lui non riuscì più a inquadrare la porta nemmeno una volta. Alla fine il caldo, la stanchezza e l'umidità ci costrinsero a desistere e andammo a dormire. Erano quasi le tre di notte e non c'era più in giro neppure un tifoso.

La mattina successiva io e Claudio fummo svegliati da una serie di urla alla Bruce Lee. Aprimmo le imposte ed era una meravigliosa giornata di sole. Sotto di noi, nel quadrato di erba verdissima del giardino dell'hotel, c'era Hiroshi: indossava una specie di kimono bianco e si esercitava a piedi nudi in qualche arte marziale, indifferente al caldo. Lo guardammo increduli. L'avevamo lasciato poche ore prima completamente devastato dall'alcol ed eccolo lì davanti a noi, fresco come una rosa.

Quando scendemmo per la colazione trovammo Makoto. Aveva un'aria avvilita, o forse solamente preoccupata, come capii molte ore più tardi. Hiroshi ci raggiunse poco dopo: era in piena forma, sprizzava energia da tutti i pori, una furia inarrestabile. Disse che erano mesi che non passava una serata così divertente, che eravamo diversi dagli italiani di Londra ma anche diversi dagli italiani d'Italia che aveva conosciuto fino ad allora, e ci ringraziò più volte, quasi imbarazzandoci. Alla fine disse che, in nostro onore, avrebbe tifato per l'Italia nella finale contro la Francia.

Detta così sembra una cosa normale, ma va sottolineato che la Francia non era ancora in finale, doveva affrontare il Portogallo proprio quella sera. Quando lo feci notare, Hiroshi alzò le spalle e disse: «*Cool.*»

Dopo colazione raggiungemmo il Palazzo del Cinema. I collaboratori italiani, un team di parrucchieri bolognesi, ci aspettavano con le ragazze, in attesa di ordini. Hiroshi li diede con rapidità, aiutato da Makoto. Io e Claudio facemmo da interpreti e la preparazione partì. Ogni cosa stava filando per il verso giusto.

Lasciammo tutti lì ed andammo ad accogliere i pullman delle parrucchiere invitate allo show, le sistemammo nei vari alberghi del Lido e, quando tornammo a Malamocco, era ormai sera inoltrata.

Mentre mi rilassavo in camera, telefonò Hiroshi e disse che il terzo aiutante sarebbe arrivato all'aeroporto in capo a un paio d'ore, così io e Claudio facemmo testa o croce, e io persi.

Presi il vaporetto – la laguna era uno spettacolo incantevole – e alle otto e mezza di sera mi ritrovai all'aeroporto di Venezia, sotto i neon della sala Arrivi semideserta. Ero curioso di vedere la semifinale tra Francia e Portogallo ma non riuscii a trovare un solo televisore e mi rassegnai ad aspettare bevendo un paio di birre.

Quando sbarcarono i passeggeri del volo da Londra alzai un foglio A4 con scritto sopra: TAKIMURA TEAM, e lo sventolai davanti a qualunque persona dai lineamenti orientali uscisse dal gate. Nulla da fare. Inseguii anche un coreano, che mi insultò in inglese per la mia ostinazione. Dopo un'ora, quando anche il personale dell'aeroporto mi confermò che tutti i passeggeri del volo erano sbarcati, mi rassegnai. Telefonai a Claudio Mora perché avvertisse Takimura e ripresi il vaporetto per il Lido, sperando che lo show non risentisse di quell'inconveniente. A bordo eravamo non più di una dozzina di persone, la laguna metteva i brividi.

Al momento di sbarcare trovai ad aspettarmi Claudio Mora e – quella fu una sorpresa – Makoto. Aveva un'aria ancora più avvilita del solito, sembrava gli fosse morto un parente. Chiesi a Claudio com'era finita la partita, ma lui non ebbe il tempo di rispondere: Makoto cominciò a tempestarmi di domande e questo mi sorprese ancor di più, visto che fino a quel momento aveva parlato pochissimo, solo con Hiroshi e quasi sempre in giapponese.

Io gli raccontai come erano andate le cose ma lui non sembrava convinto. Gli chiesi di Hiroshi, tanto per cambiare argomento, e lui mi spiegò che era in albergo e lì sarebbe rimasto: secondo le sue rigorose abitudini, il giorno prima di uno show non cenava e andava a letto presto. Non fu facile ma, alla fine, convincemmo Makoto a cenare con noi.

Forse non fu una scelta intelligente, perché il giapponese non disse una parola per quaranta minuti finché, ormai al dessert, il suo cellulare squillò. E lì avvenne la trasformazione di Makoto: parlava con eccitazione, gli occhi pieni di felicità, raffiche di giapponese intercalato a urletti di gioia, si alzò e ci pregò di accompagnarlo in macchina all'imbarco del vaporetto, perché la persona che aspettavano era finalmente arrivata ed era già al Lido, in attesa. Alla tv stavano per trasmettere la sintesi della partita – Claudio mi aveva informato della vittoria della Francia con gol di Zidane – e perciò non avevo nessuna voglia di accompagnare Makoto. Così io e Claudio facemmo testa o croce, e io persi.

Dieci minuti dopo ero nuovamente all'imbarco del vaporetto. Immobile sotto un lampione c'era una ragazza dai lineamenti asiatici con una enorme valigia samsonite rossa.

Quando Makoto la vide praticamente saltò giù dalla macchina in corsa. E solo allora capii.

Anche lei lo vide e lasciò la valigia e cominciò a corrergli incontro. Davanti al parabrezza scorreva questa immagine da film: due giapponesi, illuminati solo da un fioco lampione, correvano pieni d'amore l'uno verso l'altra circondati dall'atmosfera magica del Lido di Venezia.

Poi, quando furono praticamente a un passo, si bloccarono e si fecero un inchino. E così, senza che mai si sfiorassero, li portai in albergo.

Il giorno dopo Hiroshi, appena sveglio, disse che aveva bisogno di una bombola d'elio. All'inizio Claudio pensò fosse un capriccio e cercò di tergiversare ma l'altro fu irremovibile: per la prima volta abbandonò il suo atteggiamento amichevole e minacciò di mandare all'aria lo show se non l'avessimo accontentato.

Così, proprio mentre arrivava tutto il quartier generale dell'azienda, proprio mentre avevamo già il nostro bel da fare a coordinare pullman, parrucchiere, venditori, hostess e rompiballe vari, ecco che Hiroshi pretendeva una bombola di elio, lì al Lido di Venezia, un giovedì mattina di luglio.

Claudio Mora fece una ventina di telefonate, sparò diciannove bestemmie e un «Evvai!». Facemmo testa o croce e finalmente perse lui: prese il vaporetto e due ore più tardi tornò con una bombola d'elio grande come il siluro di un sottomarino.

Non so quanto pesò il clima di euforia per l'Italia in finale, ma lo show di Hiroshi fu impressionante.

Quando si aprì il sipario c'era solo una sedia illuminata ad hoc da un faretto azzurro. La platea mugugnava.

Hiroshi condusse per mano una modella, la mise a sedere e poi impugnò due rasoi. Fece un inchino al pubblico e, quando partì la musica, cominciò a mulinare le mani all'impazzata intorno al viso della modella, come un karateka. Io guardavo da un'altra parte, mi immaginavo già il naso reciso, un pezzo di orecchio insanguinato che volava fra il pubblico e invece, nel delirio generale, lui finì con la modella in un perfetto look alla Louise Brooks. Le seicento parrucchiere lo sommersero di applausi.

Ma non finì lì. Dopo altri tagli più classici e una sfilata di acconciature iperboliche, sul palco si fece buio. Dopo un minuto di attesa, in cui mi sembrò di potere sentire il respiro di ogni singola parrucchiera in platea, un faretto illuminò la scena e apparve una modella dai capelli lunghissimi: a ciascuna ciocca era stato legato un palloncino dorato gonfio d'elio. Ce n'erano almeno un centinaio. La chioma teneva tutta l'altezza del palcoscenico, a metà tra una testa di Medusa e una mongolfiera.

Dopo quella scenografica entrata arrivò Hiroshi. Fece un inchino, tirò fuori i suoi due rasoi e cominciò: a ogni colpo ecco che un palloncino schizzava in alto portandosi via una ciocca. Passarono cinque minuti di pura bellezza e alla fine la modella aveva uno splendido caschetto scalato. La platea del Palazzo del Cinema ululava di eccitazione, mentre su Hiroshi si abbattevano le raffiche dei flash delle macchine fotografiche e dei cellulari: non ci fu una sola parrucchiera che uscì da lì senza l'autografo personale di quello spettacolare giapponese di Londra e lui, oltre alla firma, dedicò a ciascuna un inchino.

Io e Claudio venimmo riempiti di complimenti dai titolari dell'azienda di prodotti per capelli e andammo a dormire felici.

La mattina dopo il cielo era di un azzurro incredibile, sembrava nuovo di zecca. Mi svegliai presto e andai a fare una passeggiata sulla spiaggia, prima che venisse invasa dai turisti.

Qualche gabbiano indugiava sulla battigia, l'odore della laguna entrava nelle narici. Dopo un po' sentii una voce che mi chiamava. Era Hiroshi. Sorrise e mi raggiunse, senza dire nulla. Rimanemmo per qualche minuto in silenzio, rapiti dall'intensità del mare.

Alla fine Hiroshi mi fece i complimenti per la vittoria dell'Italia ai rigori, nella finale di Coppa del Mondo. Gli feci notare che non era ancora stata giocata, ma lui alzò le spalle e disse: «*Cool.*» Poi mi chiese di nuovo se sapessi il significato del nome Hiroshi. Gli ripetei che non lo sapevo ma immaginavo che fosse un nome tradizionale giapponese.

«Non esisteva prima del 1945» disse. «È un nome che serve per ricordare la bomba.»

Poi Hiroshi mi porse una maglietta bianca con un sole rosso e la scritta TAKIMURA. «VittorioSan» mi disse. «Tu sei un mio amico e se vieni a Londra, prima di tutto, per favore, chiama me.»

Poi mi fece un inchino, si voltò e raggiunse Makoto e la donna, che aspettavano al limitare della sabbia. Makoto mi fece un gran saluto con la mano, la donna uno più debole. Io rimasi lì, a guardare il mare.

Due giorni dopo, all'Olympiastadion di Berlino, l'Italia batté la Francia 5-3, ai rigori. Ma per tutta la partita io tifai Giappone.

Havana 3 a.m.

Il gallo era piccolo e malconcio, senza più cresta né bargigli, e con un occhio semichiuso.

L'uomo stava seduto sul cofano di una Pontiac bianca e rossa, uno dei tanti macchinoni anni Cinquanta che si vedevano in giro per L'Avana: auto monumentali – lunghe metri e metri e piene di cromature e bombature e pinne – che quando erano in moto producevano il frastuono di un decespugliatore. Indossava dei pantaloni rosa che facevano a pugni con il giallo della *guayabera*, la tipica camiciola caraibica con le pieghettature verticali, e con le scarpe, nere e lustre come scarabei. Teneva il gallo schiacciato al petto con la mano sinistra, mentre con la destra impugnava uno stiletto e affilava gli speroni, che somigliavano a due lunghe spine gialle.

Luis, che sedeva al posto del passeggero, tirò giù il finestrino e disse all'uomo il nome della strada che cercavamo. Nell'abitacolo entrò una vampata di caldo torrido e odore di piscio e terra battuta. L'uomo puntò lo stiletto nella direzione da cui arrivavamo e disse qualcosa in spagnolo. Parlava in modo lento e cauto.

Luis ringraziò e poi tirò su il finestrino. Il Grosso fece inversione e dopo un centinaio di metri ci immettemmo in una strada laterale, più stretta di quella su cui viaggiavamo ma asfaltata. Non c'erano indicazioni né numeri civici e le case erano tutte uguali, divise da staccionate di fortuna, uno o al massimo due piani con una veranda che dava su giardini di polvere. Donne nerissime appendevano il bucato, vecchi giocavano a domino, bambini si rincorrevano urlando.

«Sapete qual è il paese dell'America Latina in cui ci sono stati più *desaparecidos*?» chiese Luis abbassando l'aria condizionata.

Il Grosso grugnì qualcosa e la rialzò.

«L'Argentina?» buttò lì Max mentre, seduto dietro con me, rigirava la mappa tra le mani.

«Voi europei...» disse Luis, «*bugarrones*... È il Guatemala. Dopo il golpe di Castillo Armas, nel 1954, armato dalla Cia e dalla United Fruit Company.»

Con Luis era pericoloso scendere su questo terreno. La sera precedente, al ristorante, ci aveva detto di non illuderci perché noi tre italiani ne sapevamo molto meno di un qualsiasi cubano, anche di uno nero come lui. Ci aveva spiegato che Boris Eltsin era una talpa della Cia e Gorbaciov l'uomo dell'intelligence britannica a Mosca. «Tutte cose che Castro sa. Tutte cose che un cubano sa» aveva detto.

«Sentite, è quasi mezzogiorno» intervenne il Grosso. «Perché non prendiamo quel dannato pacco e lo buttiamo in strada?»

Max scosse la testa: «Non se ne parla.»

Tamburellai con le dita sullo scatolone: l'avevamo sistemato al centro del sedile posteriore, come poggia braccia. Sopra c'era il nome *Dulce Maria Gonzales Herrero* e l'indirizzo.

«Chi è?» aveva chiesto il Grosso quando Ivan ci aveva portato il pacco in aeroporto. «Una ragazza che ho conosciuto a L'Avana, una perbene. Ci sono un po' di vestiti, regali. Mi raccomando.» Al check-in Ivan aveva pagato per il bagaglio in eccesso e aveva ripetuto «Mi raccomando» guardandoci negli occhi.

«Secondo me è una questione personale» disse Max.

«I *desaparecidos?*» chiese Luis stupito.

«Intendo che è una questione personale tra il Grosso e il pacco.»

Il Grosso fece quella sua risata strana, buttando la testa all'indietro.

Max si massaggiò la barba e continuò: «Coraggio, di' la verità: tu odi questo pacco perché lui ha passato indenne la dogana.» Si sporse in avanti: «Non gli hanno dato neanche un'occhiata, mentre a te», e picchiettò il dito sulla spalla del Grosso, «hanno fatto svuotare tutto lo zaino.»

Il Grosso rise ancora, di gusto, ma dopo qualche metro accostò e spense il motore. «Non ne posso più» disse. «Chiediamo in giro.»

Anch'io non ne potevo più. Balzai fuori dalla macchina ancor prima di Luis e mi avvicinai allo steccato della casa più vicina. Sotto la veranda, su una sedia a dondolo, c'era una vecchia vestita di bianco.

Le urlai l'indirizzo e lei si limitò a indicare l'altro lato della strada. Mi voltai verso la casa di fronte, incerto, poi alzai lo sguardo: l'azzurro del cielo era punteggiato da file di nubi bianchissime.

Luis mi affiancò allo steccato e si rivolse alla vecchia in spagnolo. Lei rispose qualcosa che non riuscii a capire e poi annuì: «Dulce, Dulce», e di nuovo indicò l'altro lato della strada. Qualche bambino male in arnese si avvicinò e cominciò a tendere la mano «*Por favor, por favor*». Distribuii un po' di *chicletes* dalla scorta che Luis, previdente, ci aveva obbligato a comperare qualche ora prima, poi attraversammo la strada.

«Cos'ha detto?» chiesi a Luis.

«Che la strada è questa, e che lì abita una ragazza che si chiama Dulce.»

Entrammo nel cortile. Luis chiamò il nome completo, come una cantilena: «*Dulce Maria Gonzales Herrero está aquí? Dulce Maria Gonzales Herrero está aquí?*»

Dopo qualche secondo, dalla casa – un cubo di cemento di due piani – uscì una nera alta e magra, che indossava solo una lunga maglietta bianca e due enormi orecchini a cerchio. Aveva il cranio completamente rasato, capelli e sopracciglia. Solo quando si avvicinò mi resi conto che era un uomo.

«Dulce?» chiese Luis dubbioso.

L'uomo-donna fece un sorriso tirato e disse: «*No, yo soy Julia.*»

Mentre ci presentavamo ci strinse la mano – aveva il palmo secco come carta – poi fece segno di seguirla dentro. Oltre la tenda di perline c'era un piccolo divano sporco e una tv in bianco e nero che trasmetteva un cartone animato. L'uomo-donna indicò le scale, disse «Dulce», e sparì di sopra.

Cercai lo sguardo di Luis ma si era già seduto e guardava il cartone animato. Sullo schermo c'erano due funghi che discutevano. Alla fine uno scoppiò a ridere e partirono i titoli di coda, in caratteri cirillici.

Uscii nuovamente in cortile mentre stavano entrando Max e il Grosso.

«Allora?» disse il Grosso.

Allargai le braccia.

Sentimmo tintinnare le perline della tenda e ne uscì una mulatta alta e ben fatta, sui venticinque. «Siete *los amigos de* Ivan?»

Il Grosso fece quella sua risata strana, buttando la testa all'indietro.

Un cane spelacchiato attraversò il cortile come un razzo orizzontale, la lingua di fuori, gli occhi strabuzzati. Gatti non ne avevamo ancora visti – Luis diceva che se li erano mangiati tutti – mentre i cani erano ovunque. Per le strade dell'Avana Vecchia avevamo visto gente stendere cartoni sui marciapiedi per far riposare i randagi, come fosse un servizio comunale. «Sono animali sacri per la *santería*» aveva spiegato Luis, «come le mucche in India.»

Fumavamo Winston seduti su un paio di panche in veranda mentre, oltre il muretto, una mezza dozzina di bambini sbirciavano curiosi. Dulce aveva portato il pacco al piano di sopra e non l'avevamo più vista. Luis indicava la desolazione tutt'intorno e diceva che i politici cubani erano sempre stati i più ladri del mondo.

«A parte Castro, s'intende.»

Sapevamo che la pensava esattamente al contrario ma avevamo imparato che, all'aperto, un cubano non parla mai male di Castro.

«E se dico i più ladri del mondo significa realmente i più ladri del mondo» proseguì Luis.

«Ehi» disse Max, «noi italiani non abbiamo nulla da invidiare a nessuno.» In realtà Max non sopportava che si parlasse male di Cuba: quella mattina, davanti a un murale con la faccia del Che e la scritta HASTA LA VICTORIA SIEMPRE, si era commosso alle lacrime.

«Ci vorrebbe una birra» disse il Grosso guardandosi intorno.

Julia, l'uomo-donna, ci fissava in silenzio, distante.

«Avete mai sentito parlare di José Alemán?» chiese Luis.

Nessuno rispose.

«José Alemán» attaccò il cubano, «era il nostro ministro dell'Educazione, nel '48.»

«Perciò molti anni prima di Castro» disse Max.

Luis alzò le spalle: «Allora: un giorno Alemán si presentò al Ministero del Tesoro con i suoi fedelissimi e quattro *camiones*. "Ma che volete fare? Rubare il Tesoro?" chiese la guardia. "*Quien sabe?*" rispose Alemán. E rastrellò tutto: pesos, rubli, franchi e la bellezza di diciannove milioni di dollari. Dollari del 1948.»

«Sul serio?» si accese il Grosso. «E poi?»

«E poi Alemán andò all'aeroporto. Aveva noleggiato un aereo.»

«E che fine fece?»

«Be', fu arrestato a Miami. C'è un limite per tutto, no?»

Il Grosso annuì.

Dulce ridiscese raggiante con una pila di bicchieri verdi e una brocca di acqua fresca. Ce la offrì e chiese di Ivan.

Max rispose con cortesia ma continuava a toccarsi la barba bionda e più di una volta lanciò rapide occhiate all'uomo-donna, come se la sua presenza lo mettesse a disagio.

«*A donde van ahora* i tre turisti italiani?» chiese Dulce alla fine. Aveva due occhi marrone intenso, con una sfumatura vivace. Sembrano fatti di *ron anejo*, rum invecchiato, disse Max più tardi.

«Non siamo turisti, siamo qui per lavoro» puntualizzò il Grosso con tono deciso. In quella fermezza c'era qualcosa di comico.

Max raccontò più o meno la verità: il padre del Grosso aveva ricevuto una proposta di investimento a Varadero, nel settore turistico, e così aveva mandato il figlio a dare un'occhiata a Cuba, per capire. Noi eravamo gli amici del Grosso e il padre ci pagava tutti quanti per osservare e riportargli nel dettaglio quanto avevamo visto.

«Spie italiane» rise Luis.

«Spie italiane» rise Dulce.

L'uomo-donna sforzò un sorriso. Sedeva con noi ma si vedeva che non le importava nulla di essere lì e sembrava tanto stanca e tanto assente da lasciare la sua assenza in quella veranda per stare in un altro posto, lontano. Un posto dove anch'io, pochi giorni dopo, sarei finito.

Eravamo atterrati a Varadero la settimana precedente, il 29 luglio del 1994. Praticamente, sull'aereo, le uniche donne erano le due hostess.

Max e il Grosso sedevano insieme, qualche fila più avanti, mentre io ero capitato di fianco a un genovese sui cinquanta, sulla cui fronte lampeggiava la scritta «essere umano miserevole». Appena seduto aveva cominciato a magnificarmi le ragazzine cubane e la facilità con cui si lasciano scopare.

«In genere la fame è un grande afrodisiaco» avevo mormorato citando Billy, ma questo era bastato a chiudergli la bocca solo per una mezz'ora. Poi aveva riattaccato a parlare di Cuba, spiegando di essere al suo dodicesimo viaggio sull'isola in cinque anni. Visto che il padre del Grosso ci pagava per avere informazioni di prima mano, gli avevo fatto qualche domanda sullo stato delle cose e il genovese mi aveva sorpreso spiegandomi le conseguenze dell'embargo americano con la competenza di un giornalista economico, mestiere che, come venne fuori più tardi, effettivamente praticava.

«L'embargo fa la sua parte» aveva spiegato, «ma la crisi è dovuta soprattutto alla fine degli aiuti russi. Cuba è sempre vissuta come fosse attaccata all'Unione Sovietica grazie a una conduttura subacquea. Ma dopo il crollo del Muro tutto è finito: ora Castro è rimasto senza ossigeno, e così ha dovuto aprire al turismo e alle *joint venture* straniere.»

In parallelo Fidel aveva varato una serie di riforme, tra cui quella che consentiva a chiunque il possesso di dollari – fino all'anno precedente era un reato – e la possibilità di spenderli nei negozi riservati ai turisti: «Sono leggi nate per contrastare il mercato nero, ma la circolazione parallela di una doppia moneta, *pesos* cubani e dollari americani, ha finito col favorirlo. I cubani sono abituati a vivere di espedienti e Castro non ha fatto altro che assecondare la loro inclinazione.»

Il genovese stava quasi incominciando a piacermi quando aveva tirato fuori dalla tasca una mazzetta di foto più o meno sconce delle sue "innamorate", come le aveva definite, e la scritta sulla fronte aveva ricominciato a lampeggiare.

Mi ero addormentato e avevo sognato una stanza arabeggiante, piena di cuscini oro e verde scuro. Sul tappeto c'erano sei o sette grosse pietre grigie, io le accarezzavo e si trasformavano in lupi. Erano aggressivi, digrignavano i denti, io li accarezzavo ancora e loro si tranquillizzavano.

Una volta atterrati, dopo il trasferimento nel bungalow dell'hotel, andammo a tuffarci in mare, l'acqua era meravigliosa e caldissima, la spiaggia un manto di velluto bianco.

Il Grosso si addormentò al sole e due tedesche sulla cinquantina si misero a fissarlo come se fosse una balena spiaggiata. Gli giravano intorno cambiando punto di vista, impressionate. L'unica parola che capii tra quelle che dicevano fu «beluci.» La cosa aveva un senso – il Grosso era identico all'attore John Belushi (al punto che molti anni prima, quando ancora ragazzini vedemmo in tv *Animal House,* Max disse: «Ehi, questo tizio è identico al Grosso!») – ma era impossibile scambiarli: Belushi era molto più basso del Grosso e, soprattutto, era morto.

Dopo un po' le tedesche se ne andarono e io mi rituffai.

Max rimase a fissare il bagnasciuga in silenzio, per mezz'ora, e quando uscii dall'acqua mi chiese: «Quando l'onda cancella le tue impronte sulla sabbia, non provi una minuscola fitta?»

«No» mentii con sicurezza.

Max mi lanciò un'occhiata strana e poi si tuffò anche lui.

Più tardi, camminando sul lungomare di Varadero, il Grosso ci travolse con il suo buon umore. Era la prima volta che usciva dall'Italia e per lui ogni cosa era nuova, diversa, e provocava una sorpresa entusiasta.

Max lo prendeva in giro: «Grosso, davvero, sei un pozzo di ignoranza.»

«Ti sbagli. So un mucchio di cose.»

«Ad esempio?»

«Che il pomodoro arriva da queste isole.»

«Lo sanno tutti.»

«E sapevi che per un mucchio di anni, in Europa, fu coltivato solo a scopo ornamentale? Pensavano che non si potesse mangiare.»

«Cos'è che dovrebbe colpirmi?» chiese Max.

Il Grosso si fece serio: «Quello che dovrebbe colpirti è questa eterna caccia al tesoro tra l'uomo e la natura per scoprire cosa si può mangiare e cosa no.»

«Non ti seguo» disse Max.

«Secoli e secoli a raccogliere e studiare uno per uno tutto quello che c'era: frutti, semi... bacche... erbe... e scoprire cosa è velenoso, cosa si può mangiare, cosa è farmaceutico...»

«Farmaceutico?» ripeté Max con una smorfia ironica.

Un cubano pelato, sulla quarantina, si fermò davanti a noi.

«*Quieren chicas?*» chiese. I suoi denti erano così gialli che sembrava avesse dei chicchi di mais in bocca.

«No, grazie» rispose il Grosso. Ma fu solo la prima avvisaglia. Nell'arco di un'ora ricevemmo almeno una dozzina di offerte sempre più insistenti: tutti si proponevano come guide, magnificavano la loro abilità nell'ottenere sconti e vantaggi e donne. Quando Max ci fece notare che eravamo delle mosche bianche – in giro non c'era turista che non fosse accompagnato da un locale – stabilimmo che l'unico modo per evitare quell'assillo era dotarci anche noi di quello che il Grosso battezzò «il cubano d'ordinanza».

«Va bene» dissi, «ma adesso andiamo a mangiare. Ci penseremo domani.»

A cena finimmo in un ristorante dietro la spiaggia, dove per dieci dollari a testa mangiammo una quantità inumana di pesce e bevemmo rum fino a sentire un fremito dietro gli occhi.

«Se tutto costa così poco, non so se per mio padre sarà

un buon affare investire qui» disse il Grosso mentre tornavamo al bungalow.

Luis stazionava nella grande hall esterna dell'hotel, gremita di sedie e tavolini di vimini.

Sedeva da solo e, contrariamente a quello che avevano fatto tutti i suoi colleghi, quando ci vide non saltò in piedi per offrirsi ma rimase a studiarci a distanza. Solo dopo un po' si avvicinò. Aveva lineamenti delicati, quasi femminili, in contrasto con un fisico muscoloso. Gli diedi una trentina d'anni, ma più avanti venne fuori che ne aveva molti di più.

«Mi piacerebbe raccontare una storia» disse in un perfetto italiano.

Nessuno di noi rispose, ma eravamo tutti e tre ubriachi di rum, e chiunque sa che gli ubriachi di rum brillano per benevolenza, comprensione e capacità d'ascolto.

«C'è Bill Clinton che vuol sapere cosa succede a Cuba» attaccò Luis. «E così prende la spia più in gamba della Cia e la invia qui.»

Al Grosso scappò una mezza risata. Luis sorrise e proseguì: «Un mese più tardi l'uomo torna alla Casa Bianca e Clinton gli chiede: "Hai tutti i dati?" E quello risponde: "Certo, Signor Presidente." "Bene, allora sentiamo" dice Clinton.»

Luis fece una pausa ad arte e poi riprese: «Signor Presidente, a Cuba non c'è disoccupazione, ma nessuno lavora. Nessuno lavora ma, secondo le statistiche, si raggiungono tutti gli obiettivi di produzione. Si raggiungono tutti gli obiettivi di produzione ma i negozi sono vuoti. I negozi sono vuoti ma tutti mangiano. Tutti mangiano ma tutti si lamentano di continuo perché qualunque cosa manca. Tutti si lamentano di continuo perché qualunque cosa manca ma tutti vanno in Plaza de la Revolución ad applaudire Fidel. Signor Presidente, abbiamo tutti i dati ma non abbiamo nessuna conclusione.»

Il Grosso fece quella sua risata strana, buttando la testa all'indietro.

Il giorno dopo Luis si presentò al bungalow di buon mattino e insistette perché quella sera andassimo a cena da lui. A pagamento, s'intende. La cosa non era affatto insolita: come mi aveva raccontato il genovese sull'aereo, tra le varie misure economiche varate l'anno precedente, Castro aveva anche legalizzato i ristoranti casalinghi, noti con il nome di *paladares*, purché non superassero i dodici coperti.

Il Grosso anticipò a Luis venti dollari per aragoste, birra e rum. «È un buon prezzo sia per noi che per te» disse consegnandogli i soldi. Luis sparì in bicicletta, senza quasi salutare.

Passammo la giornata immersi nell'acqua come ippopotami, con rapidi intervalli per procurarci un numero di birre Cristal che ben presto sfuggì a qualunque conteggio.

Alle tre e mezza del pomeriggio una decina di bambini cubani sfidò a calcio un gruppetto di coetanei bianchi come il latte, biondi e lentigginosi. Alle quattro e un quarto tutti i maschi della spiaggia, compresi me e Max, erano stati inglobati in una delle più gigantesche partite di calcio mai giocate dai tempi di William Brett Cassidy. Le regole erano semplici: bianchi da una parte, neri e mulatti dall'altra.

La prima volta che la palla finì fuori campo – cioè in mare, perché tutto il resto di Cuba faceva parte del campo – chiesi a uno dei bambini biondi da dove venisse.

Lui rispose «Chernobyl» e poi fece una lunga pausa, come se aspettasse che svenissi.

«Mai sentita» dissi io. «Dov'è?»

Lui rimase a bocca aperta ma poi capì e mi gettò addosso un pugno di sabbia, ridendo.

La partita, ribattezzata «*Cubanos contra Radioactivos*», andò avanti fin verso le cinque, quando ormai a giocare eravamo un centinaio, con tre diversi palloni e quattro porte. Il Grosso, dopo aver dormito per ore sotto una palma, finse di passeggiare con indolenza sul bagnasciuga poi si impossessò a tradimento di una delle palle, corse completamente in solitaria verso la nostra porta e segnò l'unico autogol dell'incontro. A quel punto si buttò di schiena sulla sabbia e mulinando le mani invocò: «*Sustitución, reemplazo, sustitución*.» I nostri avversari arrotondarono così il punteggio in 20 a 14, ma ognuno aveva conteggiato un risultato diverso e la partita venne dichiarata chiusa.

Io e il Grosso ci gettammo in acqua, per arenarci a pochi metri da riva.

C'era un uomo sulla sessantina accanto a noi, l'acqua gli arrivava all'ombelico e aveva addosso abbastanza oro da riscattare Atahualpa. Fumava un enorme sigaro, facendo attenzione a non bagnarlo.

«Vi devo mettere in guardia» disse sentendo che parlavamo italiano. «Qui tutti rubano.»

Il Grosso lo fissò per un attimo e poi rispose: «Non abbiamo niente.»

L'uomo aspirò una lunga boccata e poi guardò l'orizzonte.

«I liquidi» disse con un accento strano, raddoppiando la q.

Il Grosso mi lanciò un'occhiata perplessa.

«Ogni giorno» continuò l'uomo, «dovunque voi siate... in albergo, in un bungalow... in una casa privata... verrà una persona a fare le pulizie. Non ruberà niente, tranne i liquidi.»

«Ma che liquidi?» si spazientì il Grosso.

«Il tuo shampoo, il tuo deodorante... il tuo profumo, il tuo bagnoschiuma... ogni giorno te ne portano via un cucchiaino. Non puoi accorgertene, ma lo fanno. Rubano i liquidi.»

«I liquidi» disse il Grosso.

«I liquidi» annuì l'uomo, poi aspirò una nuova boccata.

«Cosa fanno qui i bambini di Chernobyl?» chiesi.

L'uomo mi studiò con attenzione prima di rispondere,

come se gli avessi chiesto di donarmi un rene. Il sole era ancora rovente.

«Vengono qui dal Novanta» disse poi. «Tutti gli anni, sette-ottocento bambini della zona di Chernobyl. La maggior parte soffre di leucemia, vari tipi di leucemia. Ma altri hanno malattie più leggere, disturbi alla pelle, vitiligine, calvizie. Qui i medici sono di prim'ordine, senza contare il clima. Quello aggiusta chiunque.»

L'uomo strizzò gli occhi controsole. «A voi piacciono i bambini?» chiese. C'era qualcosa di orribile nel tono della sua voce.

«Non scherziamo» rispose il Grosso.

L'uomo non si scompose. Indicò Max a una ventina di metri. Era in acqua con una bambina mulatta sulle spalle e giocava a schizzarsi e a lanciare in capriole altri bambini neri, che urlavano di gioia.

«E al vostro amico?» disse l'uomo.

«Ma sta giocando!»

«Qui è pericoloso. Alcune madri non capiscono che si tratta di un gioco.»

L'uomo ruotò la pancia nell'acqua e puntò il sigaro verso la spiaggia. Una donna nera, la madre della bambina che Max teneva sulle spalle, faceva segni alla figlia.

«Vuole che torni a riva?» chiesi.

«No» rispose l'uomo. «Le sta dicendo di andare al largo, di portarsi il vostro amico al largo e fare tutto quello che vuole.»

«Ma avrà dodici anni.»

«*Una cosa piensa el borracho y otra el bodeguero*» disse l'uomo. Poi si avviò verso riva.

«Attenti ai liquidi» urlò quand'era già sulla spiaggia.

Luis venne a prenderci verso le sette.

Lo seguimmo per qualche isolato, poi deviò verso il canale dietro il lungomare.

Sulla riva era ormeggiato un battello di legno a due piani, aperto, da cui proveniva reggaeton a tutto volume. L'imbarcazione era lunga una ventina di metri, dipinta di bianco e ricordava un bateau-mouche parigino o un vecchio piroscafo a vapore, per via delle due grandi ruote ai lati. Sulla prua qualcuno aveva inchiodato un'asse di legno grezzo con la scritta PATANITA.

«*Vamos a tomar un Cuba libre?*» propose Luis e, senza aspettare risposta, si diresse verso la passerella.

A bordo c'erano non più di venti persone, quasi tutti cubani. Max si guardò intorno compiaciuto e poi fece l'espressione di uno che conosce un segreto ma non vuole rivelarlo. Prendemmo posto a un tavolo e il cameriere, seguendo le indicazioni di Luis, portò quattro bicchieri colmi a metà di rum scuro e quattro bottigliette di Coca-Cola in vetro.

Il conto totale era di quattro dollari.

«Se tutto costa così poco, non so se per mio padre sarà un buon affare investire qui» fu il solito commento del Grosso.

Luis ci indicò una mulatta vestita in modo strano: indossava dei pantaloncini aderenti, da ciclista, sotto la minigonna. «*Te gusta*?» chiese al Grosso.

Il Grosso alzò le spalle e si accese una Winston.

«Guardala meglio» disse Luis.

La ragazza ci passò accanto. Le sue gambe erano perfettamente depilate fino a mezza coscia, poi cominciava una peluria vellutata talmente ben rifinita da somigliare a un paio di calzoncini scuri.

«Ma che roba è?» chiese il Grosso disgustato.

Luis scoppiò a ridere: «A molti cubani piace. E i messicani ci vanno pazzi.»

Il Grosso fece un gesto con la mano, come per scacciare una mosca.

Poi disse: «Devi scusarmi, Luis. Non voglio offendere

te, né la ragazza... né i cubani... né tantomeno i messicani. Ma a me questa cosa non piace. Sinceramente.» Luis affondò gli occhi in quelli del Grosso e vide quello che c'era: l'uomo più puro sul pianeta terra.

Max alzò la bottiglietta di Coca-Cola. «Per questa non c'è l'embargo?»

Luis fissava ancora il Grosso, si vedeva che qualcosa non gli tornava.

«Per questa non c'è l'embargo?» ripeté Max agitando la bottiglia.

Luis scosse la testa, come per riprendersi, e poi fissò Max. Rimase in silenzio ancora qualche secondo e finalmente rispose: «Se entri in un negozio per turisti, dove si paga in dollari, puoi comprare Marlboro, Camel, Winston... tutto quello che desideri. Se entri in un posto dove si beve, uno qualsiasi, troverai Coca-Cola a volontà. Ma la cosa funziona anche al contrario: chi ha parenti a Miami mi racconta che là fumano i nostri migliori Cohiba e bevono Havana Club di quindici anni, introvabile anche da noi.»

«Perciò?» chiese Max sospettoso.

«Perciò l'embargo funziona. Ma il mercato funziona meglio.»

Rimasero un po' a fissarsi, in silenzio.

«Non riesco bene a capirti, Luis» disse Max. «Per quello che ne sappiamo in Europa, l'embargo degli Stati Uniti contro Cuba è un'azione vergognosa. E dietro c'è una strategia precisa: sperano che la fame vi farà rovesciare Castro.»

Luis sorrise, poi appoggiò i gomiti sul tavolo e spinse il busto in avanti, avvicinandosi il più possibile a Max. «Sfortunatamente gli americani sono stupidi» sussurrò. «L'embargo non indebolisce Castro, lo legittima ancora di più. Essere sotto assedio è quello che chiede ogni dittatore.»

La parola "dittatore" rimase nell'aria per un po'.

Facemmo tre giri di bevute, poi Luis disse che era tempo di andare.

Sul ponte che attraversava il canale, collegando il lungomare alla periferia di Varadero, c'era un'auto della polizia di traverso, come a un posto di blocco. Passammo di lato, facendo finta di niente, e dieci minuti dopo raggiungemmo quello che tra noi ribattezzammo il *barrio*: un prato verdissimo disseminato qua e là da una moltitudine di casupole in legno, tutte malmesse, con i tetti di lamiera ondulata e ruggine ovunque. Alcune galline scorrazzavano in libertà mentre sulle verande donne e uomini sedevano pigramente senza far caso a noi, come avessero ricevuto un ordine preciso. Bottiglie di birra vuote spuntavano dall'erba come zucchine.

Luis ci condusse verso una delle baracche più grandi.

«Qui» disse, «viveva mia nonna Yudeisi. Insieme ai suoi tre cani, ai suoi tre pappagalli, ai suoi tre pesci rossi e alle sue tre figlie.»

«Le piaceva il numero tre...» disse Max.

«In parte» rispose Luis. «Di mariti ne ha avuti quattro. L'ultimo scappò come il vento perché quel giorno lei era di buon umore e si limitò a spararagli a una gamba.»

«Spero che la nonna ci trovi simpatici» disse il Grosso.

«È morta tre anni fa» rispose Luis.

Ci fece strada dentro casa e ci presentò la madre, Lucy, una nera grassissima che sembrava uscita da *Via col vento*, e il padre, José, un uomo corpulento, dalla carnagione molto più chiara di Luis e della madre. Stava a torso nudo e ci studiò come se il suo sguardo potesse impadronirsi di noi.

«Mio padre è un *santero*» disse Luis orgoglioso. «Qui tutti lo chiamano *El Jefe*.»

Il padre uscì di casa e quando si voltò notammo che sulla sua schiena campeggiava un'enorme croce, spessa dieci centimetri, che andava da spalla a spalla e dalla base del collo al sedere. Sembrava un tatuaggio a fuoco, perché i contorni erano imprecisi.

L'interno della baracca era lindo e ammobiliato con una ricchezza che da fuori sarebbe stato difficile indovinare. C'era un grande televisore e alcuni ventilatori, e vasi e libri posati con ordine su mensole e scaffali. Max sembrava soddisfatto mentre il Grosso si aggirava soppesando ogni cosa, come se dovesse fare un preventivo.

Luis ci fece accomodare a tavola. La madre portò birra, riso, fagioli neri, banane fritte e quattro magnifiche aragoste cucinate con burro, aglio e limone.

«*El amor entra por la cocina*» disse felice mentre ci ingozzavamo.

Alla fine Luis ci portò in veranda e lì stappò una bottiglia di rum e ne versò un poco in terra. «*Por los santos*» disse. Poi ne bevve un sorso e la porse a Max.

Quando finimmo la seconda bottiglia conversavamo ormai in una seconda realtà, le mani arrivavano a toccare l'orizzonte, Max parlava di Fidel sulla Sierra Maestra, Luis immaginava mondi abitati solo da mulatte e io fantasticavo su nonna Yudeisi e il suo fucile. Mi addormentai.

Quando mi risvegliai era buio, solo fioche lampadine illuminavano il *barrio*.

El Jefe ricomparve e ci chiese se volevamo visitare la sua *pequeña iglesia*, la sua piccola chiesa. Nessuno si reggeva in piedi, ma io ero curioso così mi alzai e lo seguii.

Mentre mi faceva strada dietro la casa, alla luce di una candela, non riuscivo a staccare gli occhi dalla sua schiena. Indovinavo nella penombra la sagoma della croce e mi chiedevo quanto dolore avesse potuto procurare un'ustione di quelle dimensioni. Fatti pochi passi mi porse la candela, tirò fuori una chiave e aprì il lucchetto di una piccola baracca in lamiera. All'interno accese altre candele e subito apparvero oggetti che evocavano qualcosa di inquietante: un altarino sormontato da immaginette della Vergine

Maria e di san Francesco d'Assisi, ai cui piedi erano deposte una lunga catena, due canne da zucchero e varie zampe di gallina. A poca distanza, in terra, c'erano una bottiglia di rum mezza vuota e una scatola di sigari.

El Jefe cominciò a parlare in spagnolo, lentamente, fissandomi per essere certo che capissi. Quando registrava un'incertezza nel mio sguardo, ripeteva le parole più lentamente accompagnandole a gesti o cercando dei sinonimi.

Spiegò che la catena ai piedi dell'altare simboleggiava la schiavitù che aveva portato a Cuba i suoi antenati africani. «La canna da zucchero, invece, sta qui a testimoniare la ragione di quella schiavitù. Intendi quel che dico?»

«Intendo.»

«Questo mi aiuta.»

Prese la bottiglia di rum e ne versò un poco in terra. «*Por los santos*» disse. Poi ne bevve un sorso e me la porse. Io lo imitai e gli restituii la bottiglia.

A quel punto El Jefe si sedette in terra e mi invitò a prendere posto accanto a lui. Chiuse gli occhi e rimase in silenzio, profondamente assorto, per un tempo che mi sembrò insopportabile. Le candele proiettavano ombre tremule sulle pareti e non riuscivo a staccare lo sguardo dalle zampe di gallina.

«Sai quanti anni ho?» chiese improvvisamente.

Lo fissai per qualche secondo.

«Cinquanta. Una cinquantina, direi.»

Scosse il capo e con le dita compose il numero sei.

«A Cuba la schiavitù è stata abolita cento anni fa» disse lentamente. «Mio nonno era uno schiavo. Capisci quel che dico?»

«Sì.»

Fece una pausa per bere una seconda sorsata di rum. Quando abbassò la bottiglia mi fissò in modo strano.

«Vuoi dire che anche tuo nonno, là in Europa, era uno

schiavo? Tuo nonno aveva a che fare con quella e con quelle altre?» disse severo, indicando la catena e le canne da zucchero.

Allargai le braccia, mi sentivo un idiota.

«Intendevo dire che capisco quello che dici, non cosa vuol dire» dissi.

Lui mi passò la bottiglia, poi chiuse gli occhi e cominciò a mormorare una sorta di preghiera. Portai il vetro alle labbra e una vampata mi investì. Provai a chiudere gli occhi ma tutto girava all'impazzata. Li riaprii e mi sentii smarrito.

La voce del Jefe tornò a risuonare nella baracca, limpidissima.

«Non chiudere gli occhi» disse. «Se tu smetti di guardare, questo posto smette di esistere. Se tu smetti di guardare, io smetto di esistere. E smettono di esistere le candele, le catene, la canna da zucchero. Se tu smetti di guardare, tutta Cuba smette di esistere e qualcun altro, qualcuno che non è qui in questo momento, dovrà srotolarla da capo, dovrà darsi da fare al tuo posto, registrare, ricordare, raccontare.»

Ero stordito e tutto stava diventando contemporaneamente chiarissimo e oscuro, ma El Jefe non mi diede tempo. «Il padre di mio padre» disse, «si chiamava Eduardo e lavorava nella fabbrica di zucchero.»

Con un gesto lento indicò le canne da zucchero: «Era nella squadra che spingeva le canne dentro gli ingranaggi, quelli che le schiacciano e tirano fuori il succo. Capisci quel che dico?»

Indugiai un secondo.

«In quel modo di prima» dissi.

El Jefe mi guardò e annuì gravemente.

«Intorno agli ingranaggi» continuò, «c'erano guardie armate di sciabole. E sai perché?»

«Per tagliare le canne?»

«Per tagliare le mani degli schiavi, se rimanevano impigliate nei rulli. Le guardie stavano lì pronte: non per salvare gli schiavi, ma per salvare le macchine.»

El Jefe tappò la bottiglia e la abbandonò in terra, lasciandola rotolare fino alla parete. Poi si alzò e mi fece cenno di imitarlo, avvicinandosi all'altare.

«Ora prega con me» disse lentamente. «Congiungi le mani.»

«Va bene» risposi unendo le dita.

«Però fai attenzione: devi chiedere qualcosa.»

Lo guardai senza capire.

«A Cuba nessuno prega se non per avere qualcosa» disse. «Qui Dio deve essere efficiente, se vuole sopravvivere.»

Alle undici eravamo di nuovo a bordo della Patanita, avvolti da un turbinio di cubani e turisti sudati come cavalli.

«Anche Fidel è un *santero*» mi urlava Luis per sovrastare il volume della musica. «E, oltre a essere un *santero*, gli piace molto che *si dica* che è un *santero*. Durante il suo primo discorso, quando nel gennaio '59 entrò trionfante a L'Avana, sulla sua spalla si posarono le colombe.»

«Sai un mucchio di cose, Luis» dissi.

«Sei tu che ne sai poche, *amigo*. E io sono professore di storia.»

Lo guardai stupito. Il Grosso si avvicinò ballando: gli occhi erano opachi come ciliegie in acquavite. Farfugliò qualcosa e poi sparì nuovamente verso il bar.

Fissai Luis: «Il professore di storia?»

Luis mi prese da parte. «Qui la chiamiamo la piramide invertita, quella per cui un fattorino d'albergo, con le sole mance di un giorno, mette insieme più di quanto guadagna in un mese un professore come me. La circolazione dei dollari ha cambiato tutto, e così molti hanno lasciato le loro carriere per fare i camerieri, i tassisti, i fattorini d'hotel e...», fece una pausa fissandomi, «le guide per i turisti.»

Max emerse dalla folla con aria preoccupata: «C'è troppa gente qui sopra, non vorrei che affondasse.»

Luis alzò le spalle: «*Amigo ladilloso*, non preoccuparti: la Patanita ha sopportato di peggio.»

Io mi sentivo strano, come se El Jefe mi avesse fatto qualcosa: ero intontito dall'alcol, e contemporaneamente mi sentivo vivo e lucido e attento, come se la cosa fuoriposto fosse il mondo esterno e io quello che doveva mettere ordine.

Verso mezzanotte il Grosso svenne sulla pista.

Ci volle quasi mezz'ora per rimetterlo in piedi poi – sotto l'insolito attacco notturno di nugoli di *mosquitos*, le piccole zanzare caraibiche nere e aggressive – lo trascinammo al bungalow e lo buttammo sul letto. Luis disse che andava a dormire ma io e Max eravamo svegli come insetti, così lui ci suggerì di dare un'occhiata al Club Tropical, la discoteca dei turisti. «Però io non posso accompagnarvi. Non fanno entrare cubani maschi.»

Fermammo un'auto di passaggio e Luis trattò con l'autista il prezzo per portarci a destinazione. L'uomo accettò, Luis ci salutò, e pochi minuti dopo ci trovammo davanti al locale. Il costo del biglietto era esorbitante ma pagammo senza battere ciglio ed entrammo.

Sembrava la club-house di un villaggio vacanze, con al centro una piscina fosforescente circondata da divanetti e tavolini in vimini. In fondo c'era una veranda con il lungo bancone del bar e una pista da ballo circolare.

Il locale era pieno ma tutto pulsava di squallore: tedeschi di mezz'età dall'aria insulsa ballavano con ragazzine tre volte più giovani mentre mulatte truccatissime, in coppia o singole, lanciavano occhiate sfrontate a qualunque uomo bianco incrociasse i loro sguardi. Ordinammo da bere al bancone. Un italiano con due orecchie rosse come chele d'aragosta stava goffamente abbracciato a due nere piuttosto in carne.

«Qui arrivano solo i sottonutriti del sesso» disse Max.
Mi guardai intorno.
«Sembra tutto così privo di qualcosa» dissi.
«Il denaro si sta comprando la *revolución*.»
«Ti prego, finiscila.»
Max mi sorrise. «In ogni caso dovevamo dare un'occhiata anche a questo» disse. «Ci pagano per osservare tutto, io non lo dimentico.»
«Andiamocene» dissi.
Mentre filavamo verso l'uscita sentimmo una voce urlare: «I liquidi! Fate attenzione ai liquidi!»
Mi voltai e vidi l'uomo della spiaggia, seduto su un divanetto. Indossava una camicia rosa aperta fino all'ombelico e teneva sulle ginocchia una ragazzina mulatta con un neo in mezzo alla fronte. Ci invitò ad avvicinarci. Max fece finta di niente e si avviò verso l'uscita, ma io raggiunsi l'uomo.
«Perché non vi prendete due ragazze?» chiese. «Bastano pochi dollari.»
«Magari domani» risposi.
In strada Max fermò un tizio con una vecchia Lada, quelle fatte in Russia sulle linee della Fiat 124 e, dopo una contrattazione estenuante, lo convincemmo a riportarci all'hotel.
Fuori dal bungalow mi fermai a pisciare nel prato e un *mosquito* mi punse sulla punta.
Quando mi lamentai con il Grosso, il giorno dopo, lui disse: «Guarda il lato positivo: una femmina te l'ha succhiato.» Poi fece quella sua risata strana, buttando la testa all'indietro.

«Ma non c'è un centro commerciale, una via di negozi?»
«Non hai capito, amore: qui sono poveri. Ci sono solo sigari e rum.»
«E allora cosa ci sei andato a fare?»

«A vedere se vale la pena di costruire qualcosa. Così il padre del Grosso investe dei quattrini, mette su hotel e piscine e discoteche e poi vengano milionate di turisti e qui smettono di essere poveri e diventano ricchi e così posso comprarti...» Mi fermai un istante e poi ripresi. «... Jimi Hendrix era un cheyenne» dissi smozzicando le parole e poi misi giù la cornetta, come fosse caduta la comunicazione. Raggiunsi Max e il Grosso al buffet della colazione. Offriva ogni bendidio: croissant, pane fresco, cereali, uova fritte, bacon e una mezza dozzina di vassoi con caschi di banane grandi come meteoriti. Riempii un piatto a casaccio e mi sedetti con loro.

Il Grosso sembrava in forma ma venne fuori che nella notte, chissà a che punto, si era tagliato un alluce. Alla fine si alzò zoppicando. «Niente di grave» disse. «E così avrò modo di vedere da vicino questa famosa sanità cubana.»

«Ti accompagniamo» disse Max. «Gli ospedali sono il fiore all'occhiello di Castro e...»

«Aspettatemi in spiaggia» rispose. «Preferisco.»

Era una giornata meravigliosa ma il mare era agitato.

Mentre io e Max dormicchiavamo sui teli arrivò un mulatto con una cicatrice semiellittica che gli prendeva tutto il torace.

«È il morso di uno squalo» spiegò in italiano. «Ma si vede che non gli piacevo.»

Accennammo un sorriso.

«Se volete facciamo una foto insieme. Basta un dollaro» disse. In quel momento arrivò Luis e, dopo un acceso scambio, lo mandò via. Luis chiese se potevamo prenderci tre birre ma io guardai l'ora, le dieci e mezza, e dissi che era troppo presto perfino per noi.

Alle undici comparve l'uomo dei liquidi, con un sigaro in bocca. Lo salutai da lontano e lui ricambiò.

Alle undici e un quarto prendemmo tre bottiglie di

birra. La Cristal era finita, così ordinammo la Hatuey, che sull'etichetta aveva l'immagine di una specie di indio azteco.

«Chi ha scoperto l'America?» buttò lì Luis dopo un po', guardando il mare.

Sentii aria di lezione ma Max non se ne rese conto e rispose pronto: «Cristoforo Colombo. Italiano.»

Luis sorrise. «E dimmi» chiese a Max, «dove sbarcò di preciso Cristoforo Colombo, *italiano*?»

Max fece un gesto verso il mare. «Su un'isola, da queste parti.»

«Cristoforo Colombo, *italiano*, arrivò a San Salvador, nelle Bahamas, e pochi giorni dopo ad Haiti, che battezzò Hispaniola. Fu lì che fondò il primo insediamento europeo nel continente americano: La Navidad.»

«Cosa vuoi raccontarci, Luis?»

«All'arrivo di Colombo l'isola di Hispaniola era abitata dagli indigeni Taino: secondo alcuni contava oltre un milione di abitanti.»

«Perciò?»

«Perciò Cristoforo Colombo, *italiano*, ha *scoperto* un posto già scoperto da qualcuno che si era riprodotto in un milione di nipoti.»

Max gli lanciò un'occhiata divertita: «Vai avanti.»

«Trent'anni dopo i Taino erano tutti morti, annientati dalla cattolicissima Spagna e dalle nuove malattie esportate dalla vostra Europa.»

«Perché ci racconti questo?» chiese Max. «Mica siamo stati noi. Anzi, se dovessi scegliere da che parte stare, starei di sicuro con gli *indios*.»

Luis indicò la birra.

Max gli lanciò un'occhiata perplessa.

«Hatuey» disse Luis. «La tua birra porta il nome di un eroe.»

«Hatuey?» ripetei io.

«Hatuey era un *jefe*, un capotribù di Haiti. All'arrivo degli spagnoli provò a opporsi con la forza ma venne battuto e costretto a scappare sulle montagne.»

«Come Fidel» disse Max entusiasta.

Luis alzò le spalle. «Hatuey nella foresta tirò giù un mucchio di alberi e costruì delle canoe. Poi, con circa quattrocento uomini, si diresse verso l'isola più vicina.»

«Cuba.»

«Esatto, Cuba.»

«E qui?»

«Qui radunò i capi delle tribù cubane e raccontò le atrocità dei *conquistadores*. Disse che dovevano unirsi, ucciderli tutti e affondare le loro navi.»

Max annuì con la testa.

«Solo pochi si unirono a lui» continuò Luis, «ma erano sufficienti. Quando gli uomini di Velázquez sbarcarono a Cuba furono accolti da Hatuey. Fu lui a inventare la tattica che diventò famosa con il nome di *guerrilla*, così efficace anche per Fidel contro Batista.»

«Fidel contro Batista» ripeté Max soddisfatto.

Guardavo le onde gonfiarsi e rovesciarsi su se stesse e poi sparire lasciando il posto a nuove onde, mentre velieri spagnoli si avvicinavano a riva accolti da nuvole di frecce. Se tu smetti di guardare, questo posto smette di esistere. Se tu smetti di guardare, tutta Cuba smette di esistere e qualcun altro, qualcuno che non è qui in questo momento, dovrà srotolarla da capo, dovrà darsi da fare al tuo posto, registrare, ricordare, raccontare.

«Per mesi Hatuey fece diventare *loco* Velázquez, ma alla fine un traditore rivelò il suo nascondiglio nella Sierra e così gli spagnoli lo catturarono. Lo condannarono al rogo. Mentre veniva legato al palo, un prete cattolico, commosso, si avvicinò e lo pregò di convertirsi.»

Luis fece una delle sue pause ad arte, poi riprese: «E allora Hatuey pronunciò le parole che qui sono leggenda:

“Ci sono bianchi in Paradiso?” domandò. “Sì” rispose il prete. “Allora preferisco andare all’inferno”.»

Luis posò sulla sabbia la bottiglia di birra vuota, poi si alzò, ci ricordò l’appuntamento per cena e se ne andò.

Mi accesi una sigaretta. A qualche metro da riva c’era un palo di legno. Era dritto e perfettamente perpendicolare ma, immerso nell’acqua, appariva curvo e spezzato. Sentivo che in quell’effetto ottico c’era un insegnamento ma non riuscivo a capire quale fosse.

Quando il Grosso tornò dal pronto soccorso disse: «Porca miseria, sembrava una clinica svizzera.» Max era soddisfatto come se gli avesse fatto un complimento personale.

Il padre del Grosso, dall’Italia, aveva fissato una serie di appuntamenti con albergatori e funzionari del turismo cubano e passammo il pomeriggio da un ufficio all’altro, trovando ovunque tre costanti: l’accusa ai nordamericani e al loro embargo, causa primaria della povertà dell’isola, l’aria condizionata da cella frigorifera e il numero esorbitante di depliant fotocopiati che tutti cercavano di lasciarci nelle mani.

La sera andammo a cena da Luis e mangiammo un quintale di pesce.

Luis voleva sapere dei nostri appuntamenti e il Grosso gli fece una relazione molto vaga, che non lo soddisfece.

«Ma alla fine cosa vi hanno detto?»

«E cosa dovevano dirci?» si spazientì Max.

«È semplice» rispose Luis. «Dovevano dirvi: buongiorno *señores*, come mai voi tre *italianos* volete investire qui? Perché vi sentite facilitati dalla lingua? Ma questo è niente, *señores*. La verità è che Cuba è il massimo per qualsiasi capitalista del mondo. Dovete investire qui, *señores*, perché noi vi offriamo garanzie meravigliose: vi garantiamo una manodopera preparatissima ed economicissima. E se qualcuno non vi piace, *ningún problema*, lo licenziate da un minuto all'altro per qualunque ragione. Se producete rifiuti, inquinamento o *mierda* edilizia, *ningún problema*: basta pagare, qui siamo tutti corrotti. Quanto ai profitti, *ningún problema*: li potete nascondere come vi piace, avrete tutta la nostra collaborazione. E dimenticavo: qui non ci sono scioperi. Per qualunque problema vi mandiamo i soldati.»

Calò un silenzio irreale. Max guardava severo Luis.

Il cubano gli mise una mano sulla spalla: «Non volevo offendervi. Volevo solo dirvi qual è la verità.»

Max scosse la testa. Io allargai le braccia.

«Sul serio, *amigos*» continuò Luis, «non voglio offendere nessuno. Però non ho ancora capito che gente siete. Perché qui i turisti europei si dividono in due categorie: fanatici del sesso oppure fanatici di Fidel e del Che. Ecco: se cercate il vostro vecchio sogno rivoluzionario, be', non è finito come tutti speravamo.»

Max lo fissava in silenzio.

«Noi siamo qui solo per affari» disse il Grosso cercando di chiudere la questione.

Sentivo di dover dire qualcosa, ma non mi usciva nulla, le parole rimanevano sulla punta della lingua, disertavano, incapaci di farsi pronunciare.

«Non credere che l'Italia sia molto meglio» disse Max.

«*Vete a la mierda, amigo*» rispose Luis. Poi aprì una bottiglia di Havana Club e disse: «Scusatemi. Vi prometto che non parlerò mai più di questo.»

Bere non cambiò l'umore generale. Rimanemmo per la maggior parte del tempo in silenzio, seduti in veranda. Più volte sperai che comparisse El Jefe e mi conducesse nella sua chiesa di latta, ma non si fece vivo.

Il Grosso era il più a disagio di tutti. Non perché si sentisse particolarmente offeso dalle parole di Luis – probabilmente non aveva neanche capito a fondo i termini della lite – ma perché era quel tipo di persona che non tollera le atmosfere tese e si sente in dovere di appianarle a tutti i costi. Così cominciò a lodare la cucina di Lucy e chiese a Luis quale fosse la sua vera specialità culinaria. Luis colse la palla al balzo e alla fine ci accordammo per la cena del giorno seguente: per quaranta dollari ci avrebbe procurato un intero maialetto, oltre a birra e rum da stordire tutto il *barrio*. Gli lasciammo i soldi e lui porse al Grosso la bottiglia di rum avanzata.

«Scusami ancora» disse Luis a Max abbassando lo sguardo.

Ci mettemmo in strada in direzione del bungalow. Io e Max camminavamo silenziosi, mentre il Grosso cantava una canzone insopportabile che si sentiva dappertutto: «*El meneaito... el meneaito... el meneaito meneaito meneaito... yiia hiiy.*»

Solo quando superammo il ponte il Grosso si zittì.

Ebbi l'impressione che accadesse contemporaneamente: tutti e tre ci accorgemmo che il canale aveva qualcosa di diverso e tutti e tre cercammo di individuare cosa fosse, ma non riuscivamo a mettere a fuoco nulla. Finché il Grosso urlò: «La Patanita!»

La barca era sparita.

Scendemmo di corsa verso la banchina e ci avvicinammo all'attracco. Dall'acqua emergeva solo mezzo metro di prua bianca.

Il Grosso stappò il rum e ne versò un po' nell'acqua. «*Por los santos*» disse.

La mattina dopo Luis bussò alle dieci e, quando gli aprii, entrò nel bungalow direttamente in bici.

Noi eravamo rintronati e sudavamo una specie di melassa di rum ma lui attaccò entusiasta: «*Amigos*, dovete venire a vedere se *el puerco* che ha scelto mio padre è di vostro gradimento.»

«Ma è per cena, mica per colazione» protestò il Grosso.

«Ci vuol tempo per cuocere un *puerco*» insistette Luis.

La cosa andò avanti per un po', con il Grosso che cercava di scacciare Luis in tutti i modi e il cubano che non cedeva di un millimetro finché Max, esasperato, si tirò su dal letto e disse: «Okay, vengo io.»

Luis girò la bicicletta, Max montò sulla canna e partirono.

«Anch'io voglio vedere questo maiale» disse a quel punto il Grosso tirando fuori la macchina fotografica da sotto il cuscino.

Cinque minuti dopo marciavamo verso il *barrio* anche noi due, in maglietta e costume da bagno, affamati, assetati e frastornati dal caldo e dall'alcol.

Di giorno le baracche del *barrio* avevano un aspetto anche peggiore di quello notturno. Intorno c'era una cappa da serra e un'intera campionatura di odori sgradevoli, mentre la gente ci guardava con un'ostilità trattenuta.

Nel prato di fronte alla baracca di Luis, legato a un albero, c'era il maialetto.

El Jefe era in piedi a una decina di metri, insieme al figlio e a un ragazzo con la maglietta dell'Inter: avevano scavato una buca grande come una bara e l'avevano riempita di carbone. Max li guardava in silenzio.

Ci avvicinammo. Alle estremità della buca erano infilzati due grossi rami a Y, come quelli dei rabdomanti, mentre lì accanto, nell'erba, giaceva un bastone di almeno due metri, appuntito come una lancia.

El Jefe ci venne incontro completamente ricoperto di polvere di carbone e ci abbracciò uno a uno, probabilmente apposta. Poi sollevò una mano indicando il maiale con la stessa espressione di un presentatore televisivo che annuncia l'entrata in scena di una star.

Lo seguimmo e circondammo il maiale: era piccolo, intorno ai quindici chili, con le setole color tabacco e l'aria inquieta.

«*Mira, amigo, mira. Un gran puerco...*» disse Luis.

Il Grosso era sudato dalla testa ai piedi e visibilmente

rintronato dalla nottata. Eppure si accovacciò e tastò l'animale in più punti, fingendo di intendersene, mentre era chiaro a tutti che non sarebbe stato capace di distinguerlo da un cane.

«Un gran bel *puerco*» disse alla fine battendo le mani.

El Jefe tirò fuori dalla tasca uno stiletto a serramanico e lo aprì: la lama era sottile, lunga come una biro.

Lo porse al Grosso e disse: «*Matalo.*»

Il Grosso sbiancò.

Fece segno di no, mise le mani dietro la schiena, arretrò di un passo e alla fine se ne venne fuori con un buffo: «*Matalo ti.*»

El Jefe guardò prima me e poi Max ed entrambi scuotemmo la testa.

Il caldo era infernale.

El Jefe si avvicinò alla bestia.

Il maiale era nervoso, ma El Jefe lo accarezzò.

Per un istante la terra smise di girare.

El Jefe, con un gesto improvviso, conficcò lo stiletto alla base del collo del maiale, centrando la giugulare.

«*Por los santos*» disse mentre il primo fiotto di sangue, del diametro di mezzo centimetro, toccava l'erba. Subito dopo Luis, rapidissimo, pose in terra una bacinella di plastica azzurra, a raccogliere lo zampillio.

Contemporaneamente alla stilettata, il maiale cominciò a urlare.

Un urlo lungo, senza fine.

Un urlo di una sola nota, sibilante, incisivo, come se nell'aria restassero a vibrare le corde vocali.

Un urlo dall'espressività straniante, che entrava nei timpani, si stringeva intorno al cuore e poi artigliava lo stomaco e le viscere. Un urlo atrocemente umano.

Il Grosso si girò dall'altra parte tappandosi le orecchie.

Il maiale ci guardava, e urlava.

Crollò sull'erba, e urlava.

Se tu smetti di ascoltare quest'urlo, diceva una voce, tutta Cuba smette di esistere e qualcun altro, qualcuno che non è qui in questo momento, dovrà srotolarla da capo, dovrà darsi da fare al tuo posto, registrare, ricordare, raccontare.

Ci volle almeno un minuto perché l'urlo si affievolisse, poi si spense all'improvviso. Max mi prese da parte. «Se sto ancora un istante qui, vomito» disse. «Ci vediamo in spiaggia.» Poi sparì.

Il Grosso invece era di nuovo entusiasta. Aveva tirato fuori la macchina fotografica e scattava a raffica, lamentandosi di avere portato un solo rullino.

Lucy comparve con un grosso coltello da cucina e lo porse al marito. El Jefe aprì la pancia dell'animale con un taglio deciso, come si fa con un pesce, e svuotò l'interno in due secchi: intestini da una parte, cuore, polmoni e fegato dall'altra. Lucy li sciacquò e poi portò tutto dentro casa.

Luis accorse con una pentola di acqua bollente e cominciò a versarla con un mestolo sul maiale mentre El Jefe lo radeva in contropelo con la lama del coltello. Le setole venivano via come se si sciogliessero.

Dopo una ventina di minuti il maiale era rosa come nei fumetti e senza più un pelo neppure sulle orecchie. El Jefe e il figlio lo lavarono più volte, scacciando le mosche, poi lo impalarono senza grossi sforzi, dall'ano alla gola. Lucy ne riempì la pancia con un misto di riso ed erbe e la ricucì con del filo di ferro.

Quando ebbe finito, Luis e il padre alzarono ciascuno una estremità dell'asta e se la misero in spalla, portando il gigantesco spiedo verso la buca dove il carbone, guardato a vista dal ragazzo con la maglia dell'Inter, era ormai una brace perfetta. Appoggiarono lo spiedo sui due rami a Y, con cautela.

Guardai l'ora, circa mezzogiorno. «A che ora dobbiamo tornare?» chiesi.

«*Ocho y media*» disse El Jefe. Poi si sedette sull'erba

tenendo una mano sull'asta e l'altra su una bottiglia di Havana Club mezza vuota.

«Mio padre girerà il maiale per tutto il giorno» disse Luis.

Eravamo frastornati e lui se ne accorse.

«È impressionante come urlano, vero?»

Io annuii.

«Mia nonna Yudeisi non lo sopportava. Diceva che era l'urlo di un bambino» continuò. «Aveva questo *puerco* che chiamava» abbassò la voce «*El Barbudo*. Lo teneva in casa. Gli aveva tagliato le corde vocali per non farlo grugnire ma, alla fine, anche se non poteva urlare, non se la sentì di vederlo morire. Lo lasciò uccidere a mio padre e lei arrivò solo a cose fatte.»

«Perché hai insistito che vedessimo questo?»

«Agli europei piace. Non ti è piaciuto?»

«Credo di sì» dissi.

«La miglior cosa che possa capitare a un cubano» disse il funzionario del turismo, «è di lavorare per una ditta straniera.»

«Perché?»

«Perché la ditta paga allo stato i salari dei suoi lavoratori in dollari.»

«Perciò i lavoratori sono pagati in dollari?» si stupì Max.

«No. Lo stato incassa in dollari ma poi paga il lavoratore in *pesos*.»

«Allora non vedo il vantaggio per il lavoratore.»

«In primo luogo lo stato ha interesse a far salire lo stipendio di quel lavoratore, visto che ne incassa una percentuale molto alta.»

«E poi?»

«E poi voi imprenditori stranieri siete coscienti del fatto che lo stato trasforma i molti dollari destinati al lavoratore in pochi *pesos*. Perciò date dei soldi in nero ai lavoratori. E una trentina di dollari in nero, qui, sono una cifra altissima.»

«Questa cosa è regolamentata?»

«Questa cosa è Cuba.»

Rimase a fissarci per qualche secondo e poi aggiunse, con fierezza: «Nonostante il *periodo especial*, nonostante la crisi russa che si è sommata all'embargo americano, non un solo cubano è morto di fame. Non abbiamo chiuso una sola scuola né un solo ospedale. E anche questa cosa è Cuba.»

Alle otto, terminato un altro pomeriggio di appuntamenti, ci presentammo da Luis e trovammo tutto il *barrio* riunito intorno alla buca.

El Jefe sedeva completamente annerito dal fumo, con accanto la bottiglia di rum vuota.

Quando ci vide si alzò e ci abbracciò uno a uno sporcandoci tutti, probabilmente apposta.

Poi si risedette e noi rimanemmo lì in piedi, in prima fila, ipnotizzati dal maiale che arrostiva sul fuoco. Emanava un profumo paradisiaco.

Tutti fissavano in silenzio i gesti esatti del Jefe, che sventolava un foglio di cartone con la precisione di un mantice. Quando lo agitava forte sulle braci ogni tizzone diventava vivo come un sonaglio arancione mentre, quando rallentava, i carboni fiammanti si rivestivano di squame di cenere che, a ogni alito, volavano tutt'intorno. La cosa andò avanti per un pezzo, finché El Jefe diede un ultimo giro allo spiedo e, solennemente, si alzò in piedi. La folla si aprì lasciando che Luis e il ragazzo con la maglietta dell'Inter sollevassero l'asta con il maiale e andassero a deporla fin davanti alla baracca del Jefe, dove Lucy aveva predisposto un tavolaccio di legno.

El Jefe tirò fuori il coltello e, nella penombra illuminata solo da fiammelle di candele, fece segno di avvicinarci. Affondò la lama nella carne e strinse con le dita nere di unto e carbone quella che considerava la parte migliore – uno strato di lardo della consistenza del burro – e me lo cacciò in bocca. Sapeva di fil di ferro, ma mi mostrai entusiasta. Al Grosso e Max toccò ripetere la scenetta fra i mormorii di approvazione della folla.

El Jefe disse che il maiale era grande e chiese se avevamo voglia di dividerlo con i suoi amici. La domanda aveva un che di grottesco: eravamo circondati da una trentina di adulti e bambini che ci guardavano sospettosi.

«Ma certo» disse il Grosso. «Facciamo *fiesta*.»

«*Viva el italiano que parece Ion Belushi*» urlò Luis.

E *fiesta* fu.

El Jefe tagliò alcune parti di costata e le dispose insieme a una parte di cotenna e a un cosciotto su un piatto di latta, solo per noi. L'animale era squisito, più succulento del nostro maiale lessato e più tenero di quello al forno. Luis aprì la prima delle casse di birra da ventiquattro, senza etichetta, che disse poi aver pagato un dollaro a cassa. Qualcuno accese la musica, il solito reggaeton, le poche ragazze ballavano ma non si avvicinavano, come a un ordine preciso, e sembravano meno sfrontate di quelle che si vedevano in giro.

Luis, uno a uno, ci presentò l'intero *barrio*: Geobani, un nero alto due metri che cantava opera a squarciagola; Enrique, il ragazzo con la maglia dell'Inter – che però, scoprimmo, tifava per il Milan di Van Basten –; El Moro, un elegantone con i pantaloni con le pinces e una polo Fred Perry avuta chissà come, e decine di altri, comprese le ragazze.

La sorella di Luis era una bellezza acqua e sapone, dalla pelle molto più chiara di lui.

«Vedi che graziosa» disse il Grosso.

Solo allora notai il neo in mezzo alla fronte e mi resi conto che era la stessa ragazza che avevo visto al Tropical

Club sulle ginocchia dell'uomo dei liquidi. Non era truccata e indossava solo un paio di jeans e una canottiera rossa, ma era lei.

«Queste sono le vere cubane: mica vanno in giro a fare le mignotte con i turisti» disse Max.

«Certo che no» risposi con serietà.

La festa entrò nel culmine, tutti mangiavano e bevevano e ballavano e sembravano felici.

C'era solo un tizio, Nadal, che non ci degnò mai di un cenno né mangiò un solo boccone ma rimase tutto il tempo a fissarci a braccia conserte, appoggiato all'angolo della baracca del Jefe. Luis, per tranquillizzarci, ci spiegò che era stato una promessa del pugilato ma ai mondiali juniores aveva preso un pugno di troppo e ora il cervello non gli funzionava più bene. Da lì in poi studiammo ogni movimento in modo da non incontrare mai lo sguardo dell'ex pugile.

Verso mezzanotte il Grosso vomitò.

«Mangia *puerco* come un *puerco*» disse El Jefe allargando le braccia.

Geobani prese in braccio il Grosso come se fosse la sua sposa e lo portò in casa dove Lucy, rimestando su un calderone, gli preparò una via di mezzo fra un minestrone e una pozione da strega. Il Grosso si rifiutò a lungo di assaggiarla ma, quando si decise a farlo, si rimise in sesto in un battibaleno.

Luis mi fece la consueta lezione di storia raccontandomi che la vera esplosione del rum non fu con l'Inghilterra coloniale ma molto più avanti, negli anni Venti, grazie al proibizionismo, quando Cuba si riempì di americani assetati di alcol. La lezione prevedeva anche una parte pratica a base di Havana Club invecchiato sette anni.

«Mi dispiace per ieri» disse alla fine. «Non volevo offendervi.»

«Non ci hai offeso, Luis. Ci hai spiegato una cosa. Mettiamola così?»

«Mettiamola così.»
«E c'è un'altra cosa» dissi.
«Cosa?»
«Ma se tu fossi *uno di noi*, non faresti esattamente come *uno di noi*?» chiesi.
Luis mi fissò serio: «No.» Poi aggiunse: «Sarei molto peggiore.»

Alle due il maiale era ridotto a un mucchio di ossa e avevamo finito cinque casse di birra da ventiquattro, e sei bottiglie di rum.

L'ex pugile continuava a guardarci male ma tutto il resto del *barrio* era ubriaco fradicio e accompagnava Geobani che cantava in italiano a squarciagola: «All'alba vincerò, vinceròòò, vinceròòòòòòò!»

Quando ci muovemmo per andarcene, El Jefe ci abbracciò uno a uno, ormai eravamo più sporchi di lui, e disse che avevamo fatto qualcosa di *muy util para Cuba* e perciò avrebbe pregato per noi tre.

Anche Lucy ci abbracciò felice. Poi disse: «*Anteayer langosta. Ayer pescado... y hoy el puerco. Mañana?*»

«*Mañana...*» rifletté il Grosso, «*Mañana... la vaca!*» e scoppiò a ridere.

Lucy si volse verso El Jefe per un istante, poi tornò sul Grosso e scoppiò a ridere anche lei, ma in un modo tutto suo, contagioso, battendosi le mani sulle ginocchia nere e grasse, e tossiva e rideva e si batteva le mani sulle ginocchia e non smetteva, e anche io cominciai a ridere, e rideva Max, prima contenendosi poi esplodendo, rideva El Jefe, come se possedesse tutta l'aria intorno, e ridevano Luis, Geobani ed Enrique e rideva perfino l'ex pugile Nadal, e alla fine, insieme a Lucy, rideva tutto il *barrio*, e non smettere di ridere, diceva una voce, se tu smetti di ridere, questo posto smette di ridere, se tu smetti di ridere io smetto di ridere, e tutta Cuba smette di ridere e qualcun altro, qualcuno che non è qui in questo momento, dovrà farlo al tuo posto.

La mattina seguente, verificata l'impossibilità di svegliare Max e il Grosso, andai all'autonoleggio da solo. Era un edificio nuovo di zecca, tutto in cemento armato e vetro, che sembrava ideato da un architetto sovietico. Chiesi se potevo avere una macchina d'epoca, ma l'addetto – un uomo sui quaranta, in camiciotto bianco e cravatta, con gli occhi da iguana – mi spiegò che era impossibile.

«In ogni caso, qui non conta l'auto» disse. «Conta la targa.»

Lo fissai.

«A Cuba le targhe hanno colori diversi, non l'avete notato?» chiese.

«No» risposi.

«Quelle gialle, per esempio, sono dei privati. Gente fortunata, molto fortunata.»

«Molto fortunata» ripetei.

«Certo. Perché qui, oltre al denaro per comprarti l'auto, devi avere anche il *permesso* di possederla.»

«Capisco.»

L'uomo mi guardò come se non avessi capito affatto, ma proseguì: «Le targhe azzurre sono quelle dello stato e si vedono sulle auto della polizia, su taxi, autobus e così via. Poi ci sono le targhe bordeaux, riservate alle auto che noleggiamo ai turisti: iniziano tutte con il prefisso TUR. Avere una macchina targata TUR è un vantaggio.»

«Perché?»

«Non vi fermeranno ai posti di blocco, eviterete le code e verrete sempre trattati in modo privilegiato.»

«I politici hanno le targhe bordeaux?»

«I politici hanno le targhe nere.»

«Molto giusto» dissi.

Tirai fuori la carta di credito del Grosso e spiegai che

stava dormendo e in caso di problemi sarei andato a svegliarlo, ma l'uomo rispose con un'alzata di spalle. Allora misi una croce su BERLINA DI CLASSE MEDIA e firmai quel che c'era da firmare.

L'uomo mi accompagnò sul piazzale e mi indicò una Toyota bianca. Era l'auto più anonima al mondo. «*Estelar!*» disse lui.

L'accese, la spense, la riaccese, mi mostrò il cambio e l'innesto della retromarcia, poi mi strinse la mano e sparì con aria soddisfatta.

Guidai fino all'hotel. Il programma del giorno era di trasferirci a L'Avana, centoquaranta chilometri a ovest, dove il padre del Grosso aveva fissato per noi una serie di appuntamenti con alti funzionari del turismo e contatti vari. Lungo la strada trovai un negozio per stranieri e comprai una stecca di Winston. La cassiera indossava la solita divisa beige delle commesse statali ma era bella come una dea mulatta. La invitai a pranzo, ma lei non rispose e si limitò a fissare lo smalto azzurro sulle unghie della mano destra.

Quando arrivai davanti al bungalow trovai Max e il Grosso fuori dalla porta, con gli zaini pronti. Accanto a loro c'era Luis.

«Che schifo di macchina hai scelto?» disse Max.

«Sembra l'auto di mia zia morta» disse il Grosso.

«*Estelar!*» disse Luis indicando la targa.

Caricammo gli zaini nel bagagliaio.

«Hai la lettera?» chiesi al Grosso.

Lui si tastò i pantaloni e annuì. Gli allungai le chiavi.

Luis ci osservò lentamente, uno a uno.

«Coraggio, sali» disse il Grosso dopo un po'.

«Vi servirà una guida» disse lui.

«Non facciamo i dialoghi all'incontrario» disse il Grosso.

Per tutto il viaggio rimasi in uno stato di dormiveglia. Di quando in quando aprivo gli occhi e mi appariva una brulla campagna, oppure l'oceano. Registravo spezzoni di discorso, richiudevo gli occhi e le voci di Max, di Luis e del Grosso si impastavano insieme. «Non ti sei portato dietro niente, Luis?» «Non ho bisogno di nulla.» «Il tipo dei liquidi aveva ragione: il mio shampoo è ridotto alla metà.» «Ma noi di chi ci possiamo fidare? Spagnoli, americani, russi... tutti hanno fatto solo porcate qui a Cuba.» «Mi piacerebbe fotografare gli odori.» «La barba è il simbolo dei guerriglieri della Sierra Maestra, i *barbudos*, e Fidel non se la taglierà mai. Per questo tutti lo chiamano semplicemente *el barbudo*.» «Mia zia morta aveva un'auto identica a questa, ve lo giuro.» «Allora facciamo un po' di chiarezza: i mulatti hanno un genitore bianco e uno nero, mentre i meticci hanno un genitore bianco e uno amerindo.» «Cuba è sotto embargo americano dal 1962, ma tutti si dimenticano che un pezzo di Cuba si chiama Guantánamo ed è la più grande base americana nei Caraibi.» «Una volta, dopo che la zia è morta, sono andato a trovare lo zio. Guardava delle vecchie foto, in silenzio, e alla fine ha chiuso l'album e ha detto una frase bellissima. Adesso però non me la ricordo.» «Ancora pochi anni fa Fidel diceva che la rivoluzione era stata fatta, tra l'altro, per evitare che Cuba fosse il bordello dei nordamericani. Da ragazzo aveva visto con i suoi occhi dei marinai *yanqui* pisciare ubriachi sul monumento a José Martí.» «Mia zia...» «La parola creolo, originariamente, indicava gli europei nati nel nuovo mondo. Ora si usa per tutti i bianchi sanguemisto e...» «Sulla Sierra...» «Perché Cuba...»

Nel secondo hotel gli uomini erano più vecchi, le donne più giovani.

Il Grosso disse che andava bene e chiese una quadrupla.

«Solo per una notte» aggiunse Luis al portiere, ma il tono era di chi volesse scusarsi con noi.

Fino a quel momento Luis si era dimostrato di pochissimo aiuto e probabilmente si sentiva in colpa. D'altronde ci aveva confessato di mancare da L'Avana da più di tre anni: l'immigrazione interna era ormai regolata in modo ferreo e, senza un apposito lasciapassare, un cubano non poteva più spostarsi da una città all'altra, o dalla campagna alla città.

«Come da noi, durante il fascismo» aveva detto Max.

Luis aveva alzato le spalle: «È di questo che stiamo parlando.»

«E non hai paura che ti fermino?»

«Non succederà. Almeno finché viaggio su una macchina targata TUR.»

Il Grosso riprese la carta di credito e un ometto con una giacca rossa gallonata ci fece strada per le scale e aprì la porta della stanza, invitandoci a entrare. Ci mostrò i letti, un matrimoniale e due brande, poi il bagno e infine il balconcino, che dava sulle architetture barocche di un vecchio palazzo spagnolo in rovina. Il Grosso gli diede un dollaro e quello uscì dopo aver ringraziato tutti più volte.

Appena la porta si chiuse Luis esplose: «Non puoi dargli un dollaro nordamericano perché ti ha fatto vedere la stanza!» Era fuori di sé: «Qui un dollaro è lo stipendio settimanale, *cabezón*. Non si può dare un dollaro nordamericano a uno perché ti ha fatto vedere una stanza!»

Il Grosso abbassò gli occhi come un bambino sgridato. Poi fissò il cubano: «La colpa è tua, Luis. Noi ora siamo qui, ma il tuo compito è trovarci qualcuno che ci faccia dormire per i prossimi giorni, in un bel posto e a un prezzo ragionevole.»

Luis si guardò intorno: «Sì, ho un amico che...»

Il Grosso gli fece cenno di tacere: «Ascolta: il bungalow di Varadero era compreso nel volo. Ma i prossimi giorni li devo pagare. E voglio dimostrare a mio padre che sono capace di risparmiare.»

«Il mio amico ha una *casa particular* e...»

«Oggi pomeriggio noi tre abbiamo un appuntamento importante, tu datti da fare.»

Luis ci guardò uno a uno. Poi esaminò lentamente gli zaini che avevamo posato sui letti. Max e il Grosso li avevano abbandonati sul matrimoniale, io su una delle due brandine. Luis non aveva zaino. Non aveva niente se non gli abiti che aveva addosso. In qualche modo ce lo ricordò.

«Fidatevi di me» disse. «Ci vediamo più tardi.» Poi aprì la porta e sparì.

Mi buttai sotto la doccia, ma usciva solo un filo d'acqua fredda. Poi mangiammo qualcosa – sacchetti di patatine e altre schifezze che avevamo comprato in viaggio – ci cambiammo e uscimmo in strada. Era un pomeriggio torrido e l'umidità si appiccicò subito alle camicie.

«E il pacco?» si ricordò Max. «Quando lo portiamo?»

«Domani» disse il Grosso.

Tirammo fuori la mappa e – rifiutando a ogni passo offerte di guide, sigari, rum e ragazze – raggiungemmo a piedi il ministero, proprio di fronte al parco intitolato a Manuel de Céspedes. Mi sentivo leggermente intontito, avevo l'impressione che ogni tanto qualcosa all'improvviso mi sganciasse dalla realtà e mi tenesse fuori da tutto per qualche minuto, presente ma assente.

Il Grosso si avvicinò ai soldati di guardia al portone e mostrò la lettera. Il soldato più giovane lesse la firma in calce al foglio e non riuscì a nascondere lo stupore. Ci chiese i passaporti e poi li porse a quello che sembrava il più anziano tra i soldati di guardia, insieme alla lettera. Il soldato anziano lesse attentamente ogni parola, esaminò le foto sui passaporti squadrandoci uno a uno poi, con un gesto, ci invitò a seguirlo.

Nella hall dell'albergo stazionavano due nordiche che sembravano vecchi maschi, abbracciate a due neri alti e muscolosi. Chiedemmo notizie di Luis al portiere, ma ci rispose che non lo vedeva dalla mattina. Max prese le chiavi e salimmo in camera.

«Allora: siamo soddisfatti?» disse il Grosso entusiasta, una volta chiusa la porta.

«Abbastanza» risposi. In realtà il funzionario del ministero si era subito reso conto di trovarsi davanti a tre interlocutori non all'altezza. Perciò, dopo un paio di botta e risposta che avevano confermato la sua sensazione, era passato a una serie di chiacchiere di circostanza e discorsi fumosi, da politico. Dopodiché ci aveva congedato.

«Ma, alla fine dei conti, cosa stringiamo in mano?» chiese Max.

Il Grosso alzò le spalle: «Be', sto seguendo alla lettera le indicazioni di mio padre.»

«Sì, ma non ci mettiamo nulla di nostro» ribatté Max.

Continuavo a sentire una sensazione di torpore da febbre.

Il Grosso fissò Max: «Che vuoi dire?»

Qualcuno bussò alla porta e il Grosso si voltò per aprire.

Luis entrò raggiante. «*Amigos*, Luis ha risolto tutto. Vi ho trovato una bella casa con veranda e giardino, vicino al mare, a Playa del Este, a pochi chilometri da qui. Ricordate? Ci siamo passati stamattina.»

«E quanto ci costerà?»

«Quattro dollari al giorno.»

«A testa?»

«No. Per tutti quanti.»

Il Grosso abbracciò Luis: «*Estelar!*»

Poi si voltò verso noi due e mormorò per l'ennesima volta: «Se tutto costa così poco, non so se per mio padre sarà un buon affare investire qui.»

Un'ora dopo camminavamo a zonzo per L'Avana, lungo le mete turistiche più classiche della città. Alla Bodeguita del Medio si respirava ancora un'atmosfera bohémienne. Le pareti erano tappezzate di fotografie, e così cariche di scritte da sembrare nere. C'era anche il famoso biglietto firmato da Hemingway: «*My mojito in La Bodeguita, My daiquiri in El Floridita.*» Un gruppo di veneti era in fila per fotografarlo. «Hemingway è quello di *Moby Dick*» stava spiegando al vicino una signora di mezz'età vestita da ragazzina. Qualcuno la corresse. La signora sorrise in modo adorabile.

Luis ordinò quattro mojito, si sentiva di nuovo padrone della situazione. Li bevemmo d'un fiato e ne ordinammo altri otto.

Andammo a El Floridita e anche lì regnava Hemingway: su una parete era appesa una foto che lo ritraeva insieme a Fidel mentre, in un angolo, un cordone di velluto rosso proteggeva il suo sgabello preferito.

Luis ci raccontò la storia del cocktail tipico, che aveva a che fare con due tizi assetati che avevano messo insieme quello di cui disponevano – succo di limone, ghiaccio, zucchero e rum – in riva a un fiumiciattolo di nome Daiquiri.

«Questa è una parola in lingua Taino che ha fatto il giro del mondo» disse Luis.

«Bella soddisfazione» risposi io alzando il bicchiere.

Luis mi fissò per capire se stavo scherzando oppure ero serio, ma era difficile capirlo per me, figuriamoci per lui.

«Preferite il mojito di prima o questo daiquiri?» chiese il Grosso.

«Devo capire meglio» rispose Max con la severità di un critico. «Ordiniamone altro.»

Facemmo un paio di giri, senza stabilire il vincitore. A cena finimmo in un ristorante di lusso dove pagammo una cifra astronomica, anche se Luis continuava a mandare indietro il conto facendo notare al cameriere che avevano inserito un mucchio di portate mai richieste né ricevute.

La mattina dopo lasciammo l'albergo e, prima di trasferirci a Playa del Este, andammo a consegnare il pacco a Dulce.

Al momento dei saluti Dulce chiese se quella sera volevamo uscire con lei e così ci mettemmo d'accordo.

«Si trova a soli venti chilometri dal centro dell'Avana e a quaranta chilometri dall'aeroporto internazionale» recitai scorrendo la guida.

«Ragazzi, che occhi aveva quella Dulce» disse Max. «Sembrano fatti di *ron anejo*.»

«È la scelta ideale per chi desidera rimanere vicino alla capitale» continuai, «e godere della sua vivace vita notturna, ma allo stesso tempo soggiornare in una delle più belle spiagge dell'isola. Playa del Este, inoltre, è frequentata in particolar modo da cubani e—»

«E certo» disse Luis voltandosi, «perché i cubani non hanno accesso alle altre località turistiche di Cuba.»

Il Grosso superò un camion. «A me sembra di aver fatto molto più di venti chilometri» disse.

«Cosa dicevi dei cubani?» chiese Max a Luis in tono bellicoso.

«*Nada, nada*.»

«Come *nada*? Stai tutto il tempo a lamentarti. Sembra che non potete fare nulla, voi cubani. Ma dov'è questo terribile apparato repressivo?»

«Non è molto visibile. Ma è onnipresente, implacabile e *muy* efficiente» rispose Luis scandendo in modo perfetto i tre aggettivi.

«Ah sì? E, dimmi, quanta gente c'è in prigione?»

Luis rimase un po' a riflettere. «Non so risponderti con precisione. In una democrazia tu hai questo numero, ma a Cuba tu non ce l'hai. Dicono centomila, l'uno per cento della popolazione.»

Ci fu una pausa.

«L'uno per cento ce l'hanno anche gli americani» disse poi Max. «Due o tre milioni di detenuti.»

«Cerca di capire, *amigo*: se vuoi che ti dica che Castro

non è Stalin, be', lo dico: Castro non è Stalin. Al contrario. Non si lascia mai trascinare dall'istinto, non è un sanguinario. È interamente votato alla conservazione del potere. E ha capito che può conservarlo con molto terrore e molto poco *sangre*. Tu mi fai l'esempio degli *yanqui*. Ma negli Stati Uniti esistono i delitti di opinione? Qui c'è gente che si fa sette anni in prigione per una cosa simile. Dicono che i detenuti politici siano tra i duemila e i ventimila e—»

«Tra i duemila e i ventimila non vuole dire nulla. I numeri veri chi li sa?»

«*No jodas más, berraco. Vete a la mierda.*»

«Basta» intervenni.

«Basta» disse il Grosso.

Nell'abitacolo calò il silenzio. Viaggiavamo di nuovo sulla vía Blanca – l'autostrada a quattro corsie che collega L'Avana a Varadero – ma in direzione contraria al giorno precedente. Un'enorme nuvola grigio piombo copriva ogni cosa come un tetto, interrompendosi con un fronte perfettamente rettilineo a qualche chilometro dalla costa, là dove il mare si trasformava da turchese in blu. Superavamo camion stracarichi, furgoni pick-up e carrette anni Cinquanta, mentre intorno a noi sfilava una campagna verdissima e fitta di alberi, che lasciava improvvisamente spazio a terreni spogli e sabbiosi, punteggiati da enormi agavi e da palme altissime e solitarie, le cui foglie dondolavano al vento.

La guida diceva che Playa del Este era un nome improprio: in realtà si trattava delle *playas* del Este, sette spiagge una in fila all'altra, ombreggiate da una fitta vegetazione di palme e pini marittimi. Chiusi la guida e la porsi a Max ma lui scosse la testa e così la lasciai sul sedile.

Luis indicò il cartello PLAYA GUANABO e disse di uscire lì.

Il Grosso seguì la rampa e poi le indicazioni del cubano fino a imboccare una strada che scendeva perpendicolare al mare. A parte lo stato delle costruzioni, tutte male in arnese, e la vista della spiaggia, che distava poche centinaia di metri, sembrava di essere in qualche cittadina nordeuropea: ai lati della strada si affacciavano file di case simili, tutte dotate di veranda, giardinetto e staccionata di legno. Luis disse al Grosso di rallentare e alla fine lo fece fermare davanti a una grande casa color crema.

In veranda una mulatta dormicchiava su un'amaca di corda bianca. Si alzò e ci venne incontro. Era piuttosto in carne, sulla quarantina, con due occhi verde uva.

«Lei è Yanamaria, la padrona di casa» disse Luis.

Dopo i saluti la donna ci mostrò la casa, che era spaziosa e pulita, e ci mise a disposizione due camere: una matrimoniale e una singola con un vecchio letto a baldacchino. Tirammo a sorte e Max vinse la singola. Yanamaria disse che avrebbe dormito sul divano del soggiorno, se per noi andava bene, mentre Luis disse che a lui era rimasto il posto migliore, l'amaca in veranda. Max lo studiò a lungo, ma non disse nulla.

Scaricammo i bagagli e ci sistemammo nelle camere, poi tornammo nella veranda, che era lo spazio più ampio della casa, e ci sedemmo su un vecchio divano sfondato. Io mi accesi una sigaretta. Il Grosso si accese una sigaretta. Max si accese una sigaretta. Luis stava in silenzio. Yanamaria ci guardava e sorrideva, poi tornava a fissare la strada.

Incominciò a piovere. Prima lievemente, poi con forza sempre maggiore e alla fine le gocce gonfiarono e cominciò a venir giù un torrente di pioggia che sbatteva sulle tegole della veranda con un frastuono indescrivibile mentre l'acqua scrosciava giù dal tetto con tale furia che sembrava di essere dentro una grotta chiusa da una cascata.

«Andiamo a prendere Dulce?» chiese Max dopo un po'.

«Appena smette» rispose il Grosso.

Se non fossimo stati lì quella stessa mattina, ritrovare casa di Dulce sarebbe stato impossibile.

Sulla strada da Playa Guanabo a L'Avana non ce ne accorgemmo, visto che il traffico era abbastanza sostenuto e le luci dei fari numerosissime, ma appena entrammo in città ci trovammo di fronte a qualcosa che solo Luis conosceva. L'Avana era completamente al buio. Non c'era un solo lampione acceso, né una insegna al neon, né una finestra illuminata. Ben presto ci trovammo a vagare attraverso una periferia irreale, senza confini visibili, dove le uniche luci erano rappresentate da qualche fioca candela.

Luis ci spiegò che eravamo finiti nel bel mezzo di un *apagon*, le interruzioni di corrente elettrica che potevano durare anche dodici ore consecutive.

«Ma a Varadero non c'erano» protestò Max.

Luis non rispose.

La pioggia aveva tirato fuori dalla terra un'afa umida che incollava gli abiti alla pelle e noi viaggiavamo tutti e quattro con i finestrini abbassati e il gomito fuori, come se l'auto avesse delle alette speciali. Su uno sterrato perso nel nulla il Grosso improvvisamente si fermò e scese dalla macchina: lo vedemmo passare davanti ai fari e fermarsi a fissare lo pneumatico destro. Scendemmo giù tutti quanti. Il Grosso era accucciato davanti alla gomma ma non si vedeva nulla.

«Che succede?» chiese Max.

Il Grosso accese il suo Bic e la fiammella illuminò per qualche secondo la gomma, che era completamente a terra.

«Bucato» disse il Grosso.

Rimanemmo un secondo in silenzio, si sentiva solo il frinire delle cicale e qualche pentola che sbatteva chissà dove.

«Merda» disse Max.

«Abbiamo la gomma di scorta?» chiese il Grosso fissandomi.

«Certo» risposi io, ma era una scommessa.

Il Grosso risalì in auto e sbloccò il portellone del baule, così tirai su a tentoni il tappetino di protezione e tastai nel buio. La gomma c'era. In pochi minuti la cambiammo e, tutti sudati, riprendemmo la ricerca della casa di Dulce.

Mezz'ora dopo raggiungemmo una zona che sembrava quella giusta. Ognuno di noi aveva la sensazione di riconoscere un qualcosa di familiare, un riferimento che aveva notato in mattinata, ma il buio toglieva sicurezza e continuavamo a girare in tondo senza riuscire a individuare esattamente l'abitazione di Dulce. Quando stavamo per perdere ogni speranza, incrociammo un uomo a piedi che si faceva strada con un mozzicone di candela.

«Proviamo a chiedere» disse Max.

Il Grosso si fermò accanto all'uomo e Luis diede una voce. Quello si voltò, con il mozzicone di candela stretto al petto. La fiamma tremolante gli dava un'espressione ancora più inquietante ma non c'erano dubbi: era Julia, l'uomo-donna.

Se ci riconobbe lo nascose bene. Luis scambiò qualche parola veloce, che non compresi, e poi si voltò e ci disse che mancavano cinquecento metri, la strada era quella. Sfilammo accanto a Julia e, non so se lo sognai, mi sembrò che lei facesse il segno della pistola verso di noi, ma era troppo buio per poterlo giurare.

Dulce invece ci accolse con entusiasmo: era ferma in veranda alla luce di una candela, vestita e truccata di tutto punto, come se non avesse mai dubitato del nostro arrivo. Quando vide i fari ci venne incontro e ci baciò uno per uno sulle guance.

«Che volete fare?»

«Mangiare» disse il Grosso.

«Allora avrei un'idea» rispose lei.

Raul accese un fiammifero e lo accostò al mozzicone di sigaro che teneva in bocca, chiudendo le mani a conca. Tirò una prima boccata soffiando fuori il fumo nervosamente, poi ne diede una seconda, inspirando con lentezza e gustando il sapore del tabacco sul palato.

«Qui noi medici siamo *sesenta mil*» disse dopo aver buttato fuori il fumo. «E gli studenti dell'università sono *seiscientos mil*. Questa è una grande sfortuna.»

«E perché?» chiese il Grosso perplesso.

«Perché un così alto livello di istruzione non ha fatto altro che accrescere le nostre esigenze. La *revolución* ha creato tanta gente molto preparata, che però non può fare il suo lavoro né sognare un futuro.»

Sedevamo tutti quanti intorno a un grande tavolo rettangolare pieno di candele: io, Max, il Grosso, Luis e Dulce. Raul era il padrone di casa, nonché eccellente cuoco. Era sulla quarantina, aveva la carnagione chiara, una fitta barba nera e due occhi infuocati.

«Io prendo meno per togliere un tumore al cervello che per preparare questa cena. E, con tutto il rispetto per la cucina di mia madre e di mia nonna, operare al cervello è una cosa più difficile.»

Raul era un amico di Dulce e abitava poche vie più in là. Faceva il neurochirurgo in ospedale ma tirava avanti cucinando per i turisti. A fine cena si era seduto con noi, si era fatto regalare un sigaro dal Grosso e non aveva fatto altro che parlare di Castro per un'ora buona, in modo ambivalente e con grande partecipazione di Luis. Per un po' avevo atteso una reazione di Max, ma non era mai arrivata: la sua attenzione era completamente rivolta a Dulce, con cui parlava fitto a un capo del tavolo.

«Quella sigaretta che stai fumando» disse Raul indicando il Grosso, «sta dentro un pacchetto che vale poco meno dello stipendio settimanale di un'infermiera. Hai capito bene: settimanale.»

Il Grosso mi studiò esitando, aveva bevuto come un ossesso, ma poi si decise a parlare. «Se tutto costa così poco» disse, «non so se per mio padre sarà un buon affare investire qui.» Poi fissò Raul e Luis: «Ehi, lo sapete che il pomodoro arriva da queste isole?»

«Il pomodoro?» ripeté Raul senza capire.

«Ma certo» sorrise il Grosso. «Il pomodoro.»

Raul fissò prima Luis e poi me, come se gli sfuggisse il senso della cosa. Tirò una boccata di sigaro.

«E sapete» continuò il Grosso, «che per un mucchio di anni, in Europa, il pomodoro fu coltivato solo a scopo ornamentale?»

«A scopo ornamentale?» ripeté Raul.

«Sì. In Europa pensavano che non si potesse mangiare.»

Raul cominciò a grattarsi la barba. «Cos'è che dovrebbe colpirmi?» chiese.

Il Grosso si fece serio: «Quello che dovrebbe colpirti è questa eterna caccia al tesoro tra l'uomo e la natura per scoprire cosa si può mangiare e cosa no. Secoli e secoli a raccogliere e studiare uno per uno tutto quello che c'era: bacche, frutti, semi... erbe... e scoprire cosa è velenoso, cosa si può mangiare, cosa è farmaceutico...»

Raul scosse la testa e mi guardò. Per una volta ero pronto a cambiare discorso.

«Non riesco mai a capire da che parte state» dissi.

«In che senso?»

«Parlate tutti male di Castro ma poi, sotto sotto, sembra che ne siate anche orgogliosi.»

Raul rimase un po' in silenzio, poi allargò le braccia: «Vuoi la mia verità? Cuba, all'inizio, è stata la dimostrazione che un modello diverso di società era possibile. Col tempo è diventata la dimostrazione che un modello diverso di società è impossibile: alla fine si forma sempre la solita divisione tra privilegiati e morti di fame. Puoi dare tutta la responsabilità all'embargo, se vuoi, e di sicuro gli americani hanno fatto di tutto per affamarci e isolarci. Io non riesco neanche a dare troppa colpa a Castro: per me è una questione di natura umana. Non ce n'è a sufficienza per tutti, e l'avidità fa il resto.»

Poi si alzò. Andando verso la cucina mi passò accanto e

ripeté: «Non ce n'è a sufficienza per tutti, e l'avidità fa il resto.»

Il Grosso prese la bottiglia di rum e si versò l'ennesimo bicchiere.

«Vacci piano» disse Max.

«Ah, ma allora ci sei anche tu?» rispose il Grosso.

Max gli restituì un'occhiata serena: «Dulce chiede se vogliamo andare a ballare.»

«Questo si chiama parlare» disse il Grosso. Poi fece quella sua risata strana, buttando la testa all'indietro.

La discoteca era all'aperto, sul Malecón, la passeggiata sul lungomare della città su cui si affacciavano i più bei palazzi di epoca coloniale, quasi tutti in rovina. Mi sembra si chiamasse 1789, l'anno della rivoluzione francese, ma non ne sono sicuro perché con il tempo tutto viene cucinato insieme nei pentoloni della memoria per poi riemergere, molto dopo, irriconoscibile allo stesso cuoco. La clientela era mista, con prevalenza di cubani in *guayabera* e cubane con le gonne a balze, che ballavano i soliti tormentoni latinoamericani come se avessero una campana al posto del culo. L'illuminazione consisteva in candele mentre l'impianto stereo era alimentato da un generatore diesel che faceva quasi più rumore delle casse. Il bar però offriva qualunque cocktail a un dollaro e facemmo parecchi giri di Cuba Libre, anche se Max seguì Dulce, che beveva solo Mojito. Luis, come se temesse che Dulce potesse ridimensionare il suo ruolo, mise su un'aria offesa e rimase a lungo per i fatti suoi a bordo pista.

Verso mezzanotte il Grosso vomitò.

Lo trascinai in bagno e gli misi la testa sotto l'acqua, che scendeva debolissima da un rubinetto d'ottone. Quando si rimise in piedi, una buona mezz'ora dopo, Luis mi aiutò a trovargli posto su un divanetto di vimini di fronte al mare. In pista Dulce ballava con Max e un'amica mulatta che aveva trovato lì: era chiara di carnagione, con la bocca carnosa e un vestitino di cotone grigio che le dava un'aria da diva anni Venti. Luis, che era accanto a me, la indicò con il mento e disse: «Quel tipo di ragazza è la prova che Dio è cubano.»

Rimasi a osservarla a lungo. Ballava bene ma sembrava inquieta, continuava a sfiorarsi i lobi come a sincerarsi che gli orecchini fossero al loro posto, ma in realtà trasmetteva una strana impressione: come se avvertisse qualcuno alle spalle, un'intima presenza vagamente ostile verso cui ogni tanto si voltava. Quando la ragazza si diresse al bancone del bar con Max e Dulce, li raggiunsi e mi presentai. Si chiamava Miranda e non sapevo cosa dirle. Sfogliavo mentalmente il mio repertorio senza riuscire a trovare neanche una frase che non mi sembrasse un'idiozia. Le offrii una sigaretta e gliela accesi. Poi misi una mano a coppa e la avvicinai al suo orecchio destro, che era coperto da una mezza dozzina di cerchietti d'argento come il bastone di una doccia. «Sto cercando qualcosa da dirti, ma non la trovo» dissi.

Lei mi puntò addosso gli occhi nerissimi e sorrise, un singolare miscuglio di grazia e languore. Poi mi prese per mano e raggiungemmo Max e Dulce in pista. Ballammo per un po' ma all'improvviso comparve il Grosso. Sembrava che avesse due paraocchi fissi su Miranda e si mise a ballare nel suo modo goffo, continuando a rivolgerle complimenti un po' pietosi, che però lei sembrava gradire molto.

«Ehi» disse Miranda a un certo punto, illuminandosi. «Tu sembri John Belushi.»

«Eh, eh» si pavoneggiò lui in maniera adorabile. «Hai visto i suoi film qui?»

«Ho visto i Blues Brothers.»

A quel punto il Grosso avvicinò la testa alla mia e disse sottovoce: «Se posso chiederti qualcosa in cambio di quell'altra cosa là... e sai che non ti chiederei mai in cambio niente, mai... be', ti prego, davvero: lei non la puoi toccare. Va bene?»

Lanciai un'occhiata a Miranda e mi venne da mordermi un labbro ma feci finta di niente, annuii e me ne andai al bar. Luis era immobile a braccia conserte: «Vorrei andare a Miami» disse.

«Beviamoci sopra» risposi.

Un'ora dopo salimmo in macchina in sei ed eravamo tutti su di giri e ci passavamo due bottiglie di Havana Club invecchiato che Max aveva comprato prima di uscire e ogni sorso era una fucilata nello stomaco. Il Grosso guidava e cantava «*El meneaito... el meneaito... el meneaito meneaito meneaito... yiia hiiy*» e ridevamo e uscimmo dalla città e ci immettemmo sulla vía Blanca ed era buio pesto, c'eravamo solo noi immersi in una bolla nera che dava i brividi e bucammo di nuovo e scendemmo ridendo, non c'era nulla da ridere ma ormai eravamo tutti davvero ubriachi, era la seconda volta in poche ore e non avevamo un'altra ruota di scorta.

Lo spiegammo alle ragazze ma nessuna delle due sembrava preoccupata. Miranda fece un'alzata di spalle e disse: «Autoestop!»

Ci misi un bel po' prima che i miei occhi si abituassero all'oscurità e riuscissi a distinguere la sua sagoma perfetta, le caviglie sottili sui tacchi e il pollice alzato nell'oscurità.

Nei primi venti minuti passarono solo un paio di auto che tirarono dritto senza neanche rallentare. Poi tutto divenne ancor più buio, il vento si fece più fresco e il silenzio perfetto, mentre una strana felicità si impossessava di tutti quanti. Molto dopo, quando ormai sembrava che la brillantezza generale stesse spegnendosi per sempre, vedemmo arrivare due luci enormi, gialle, accompagnate da un frastuono da locomotiva. I fari ci inquadrarono e partì lo stridio di una frenata imponente e davanti a noi si stagliò la sagoma di un enorme camion nero, che colava nero, fumava nero, puzzava di nero. La portiera si aprì e l'autista disse qualcosa. Max salì sulla motrice con Dulce e Miranda mentre io mi arrampicai sul cassone con il Grosso e Luis. Doveva essere un camion da trasporto legname perché era pieno di schegge e rami e foglie e c'erano delle lunghe catene fissate alle fiancate.

Il camion partì e noi venimmo sbalzati indietro e allora Luis raccolse una catena e, dopo averla tirata a sé per saggiarne la resistenza, se la avvolse al polso. Io e il Grosso lo imitammo e così ci disponemmo tutti e tre in equilibrio sul cassone del camion come surfisti ubriachi e urlavamo e il motore spernacchiava e avevamo il fiato grosso ed eravamo sudati e stanchi ma pieni di entusiasmo, come stessimo per iniziare chissà quale avventura, come un manipolo di pirati all'arrembaggio di un galeone spagnolo, e io sentivo Luis e il Grosso urlare dalla gioia e riconoscevo lo spirito della vita con noi su quel cassone, e la sua mano sulle nostre teste, e tutti gli uomini mai venuti alla luce erano miei fratelli e le donne mie sorelle e amanti e il cuore mi si riempiva di gioia e nostalgia e pensavo a El Jefe e alla brace che palpitava sotto il maiale e mi chiedevo dove sarebbero finiti tra qualche anno il Grosso e Max e Dulce e Miranda e mi chiedevo se Luis davvero mai sarebbe riuscito ad arrivare a Miami e mi chiedevo dove sarei arrivato io, che non avevo nessuna Miami da raggiungere, mentre il Grosso alzava al cielo la bottiglia di rum e brindava in uno spagnolo maccheronico «*A los privilejos de la juventude... a quello che eravamos... a quello che siamos... e a quello che saremos!*» e Luis rideva e ci abbracciavamo tutti e tre e io sorridevo della bellezza della nostra età e sentivo che quella notte non avrei mai potuto dimenticarla, e non dimenticare, mi diceva la voce del Jefe, perché se tu dimenticherai, questo posto smetterà di esistere, se tu dimenticherai, io smetterò di esistere, se tu dimenticherai, tutta Cuba smetterà di esistere e qualcun altro, qualcuno che non è qui in questo momento, dovrà srotolarla da capo, dovrà darsi da fare al tuo posto, registrare, ricordare, raccontare.

La mattina dopo mi svegliai e Miranda dormiva abbracciata a me. Alle sue spalle il Grosso russava a pancia in su. Eravamo tutti e tre vestiti.

Non la svegliai, ma rimasi a fissarla studiando il suo viso: le sopracciglia curate, la curva dello zigomo, le labbra, i capelli nerissimi. Dopo un po' lei socchiuse gli occhi e trovò me e rimase a fissarmi in silenzio. Avvicinò le labbra ma io mi ritrassi delicatamente.

«Non possiamo» sussurrai indicando il Grosso. «L'ho promesso a lui.»

Lei si girò verso il Grosso e poi tornò a guardarmi con aria interrogativa.

«Tu piaci a lui» sussurrai ancora. «Io non posso toccarti. Glielo devo.»

Miranda allora si girò verso il Grosso e lo abbracciò appoggiandogli la testa sul petto.

La naturalezza con cui lo fece mi innervosì. Mi alzai ed entrai in soggiorno, dove Luis aveva trovato il divano con Yanamaria assai più comodo della amaca in veranda. Aprii la porta e uscii. Era una giornata bellissima, senza una sola nuvola, e mi venne in mente la frase che aveva detto il parroco ai funerali di mio padre: la morte non tinge di nero l'esistenza più di quanto le ali dell'aquila tingano di nero l'azzurro del cielo. Una frase che avevo trovato retorica e fuori luogo, ma proprio per questo era l'unica di tutta l'omelia che ancora ricordavo.

Luis uscì stiracchiandosi: «*Cómo estás?*»

Feci okay con la testa e mi sedetti sul divano sfondato. Lui si allungò accanto.

«Miranda?» chiese.

Indicai l'interno della casa: «È con il Grosso.»

Luis mi fissò: «Pensavo ti piacesse.»

«Non posso toccarla. Me l'ha chiesto il Grosso.»

Luis rimase in silenzio, massaggiandosi i polsi. Poi alzò le spalle e disse: «*El que se hace de azúcar, se lo comen las hormigas.*»

«Chi è fatto di zucchero se lo mangiano le formiche?» provai a tradurre.

«È un *refrain*, un proverbio. Il senso è: se ti mostri troppo buono la gente se ne approfitta.»

«Non è il mio caso. Il Grosso mi ha salvato la vita. Gli dovevo quella donna, era il minimo che potessi fare.»

«Gli *dovevi* quella donna?» scoppiò a ridere. «Cosa siete: mercanti di schiavi?»

Alzai le spalle: «E smettila.»

«Voglio che mi racconti questa cosa.»

«Adesso no» dissi alzandomi. «Andiamo a prendere la macchina prima che si muoia dal caldo.»

Mi lavai con molta approssimazione e feci colazione con una mezza bottiglietta di Coca-Cola sgassata. Poi lasciai un biglietto sul tavolo – in camera non osavo entrare – e uscii con Luis.

Il cubano aveva già pensato a tutto: «Ascolta, *amigo*, ti dico cosa farei io. Se hai un'idea migliore faremo come dici tu, ma prima ascolta me.»

«Va bene.»

«Per prima cosa fermiamo qualcuno e ci facciamo portare sulla vía Blanca. Quando vediamo la macchina dall'altra parte chiediamo di scendere. Poi attraversiamo la strada e smontiamo la gomma, lasciando l'auto sul cric. A questo punto prendiamo la gomma bucata e anche l'altra e le portiamo tutte e due alla *borracheria* più vicina, sempre chiedendo un passaggio. Ci facciamo riparare le gomme e poi ci facciamo riportare alla macchina. Rimontiamo tutto e torniamo a casa, giusto in tempo per i vostri appuntamenti del pomeriggio.»

«Pensi che ci vorrà tutto questo tempo?»

«Sì.»

Alzai le spalle: «Okay, va bene.»
«Quando andiamo?»
«Subito» dissi. Tirai fuori una sigaretta e me l'accesi. Luis non mi aveva staccato gli occhi da dosso.
«Cosa vuoi?» dissi.
«Hai tu le chiavi?»
Feci mente locale: «No, le ha il Grosso.»
«Le vai a prendere?»
Mi voltai verso la casa. Tirai una boccata profonda: «No, prendile tu.»
Luis annuì e poi scomparve all'interno. Sbucò fuori mezzo minuto dopo, dondolando le chiavi tra le dita. «Ehi» disse, «si sta dando da fare il tuo amico.»
Mi sembrò di sputare fuori più fumo di quanto ne avessi aspirato.

La *borracheria* sembrava un inferno alla luce del sole. Era uno spiazzo di terra battuta cosparso di ferraglia, rottami e vecchi pneumatici. Sotto un paio di tettoie in lamiera quattro o cinque uomini a torso nudo riparavano le gomme con lo stesso procedimento che si fa con quelle delle bici: sfilavano lo pneumatico dal cerchione e poi estraevano la camera d'aria, la gonfiavano e la immergevano in una bacinella d'acqua dove la colonna di bollicine d'ossigeno rivelava la presenza del buco. A quel punto estraevano la camera d'aria e facevano un segno, poi scartavetravano le parti e, con del mastice, mettevano una toppa. La stringevano in una morsa per qualche minuto e poi rimontavano il tutto.
Spiegai a Luis che da noi le gomme non avevano più camere d'aria da anni e si chiamavano appunto *tubeless*.
«E come fanno a rimanere gonfie?»
«Non so bene, credo che sia sufficiente la pressione della gomma sul cerchione.»
«Non è possibile.»
«È così.»

«Non ti credo.»

«Non mi credere.»

Quando venne il nostro turno, un grassone con i baffi e una canottiera azzurra piena di chiazze prese in carico le gomme. Le camere d'aria erano piene di toppe come una coperta patchwork: Luis disse che dovevo protestare con l'autonoleggio e io dissi che sì, l'avrei fatto.

Il grassone fece il suo lavoro e alla fine mi chiese due dollari. Luis cominciò a litigare ma io mi misi in mezzo e dissi che glieli avrei dati se ci avesse accompagnato alla macchina. L'uomo chiese dov'era e quando Luis glielo spiegò disse che andava bene.

Caricò le gomme su una Lada beige e ci fece segno di salire. Luis si accomodò sul sedile davanti, io su quello posteriore. Dovevo tenere i piedi bene al centro, sulla gobba dell'albero di trasmissione, perché la ruggine si era mangiata il fondo dell'auto e se abbassavo gli occhi potevo vedere scorrere l'asfalto sotto di noi.

Dopo un po' tirai fuori una Winston e chiesi all'uomo se aveva da accendere. Lui annuì, poi fermò l'auto sul ciglio della strada e aprì il cofano.

«Ma cosa ha capito?» chiesi.

Luis disse qualcosa all'uomo, ma l'altro lo ignorò e mi fece segno di scendere dall'auto.

Scesi.

L'uomo svolse un filo che collegava l'accendisigari direttamente alla batteria e mi fece accendere.

«*Si lo dejo en el coche, alguien lo roba*» spiegò.

Quando arrivammo a casa era quasi l'una e il sole si era fatto rovente. Yanamaria dormicchiava sull'amaca mentre Max e Dulce erano seduti sul divano della veranda, abbracciati. Quando lui ci vide saltò giù e venne ad aprire il cancelletto.

«Com'è andata?» chiese. Aveva lo sguardo rilassato e pacifico di un guru indiano.

«Tutto a posto» dissi. «Dov'è il Grosso?»
«È andato a telefonare» rispose Dulce.
Miranda uscì in quel momento. Indossava un paio di jeans rossi aderentissimi e una camicetta bianca. Non poteva essere roba sua – la sera precedente non aveva neanche una borsetta – ma le stava d'incanto.
«*El* Grosso è a telefonare» mi disse.
Annuii con la testa.

Il Grosso aprì il cancelletto, euforico, con in mano un sacchetto di carta e appena mi vide non riuscì a trattenere il gesto più infantile del mondo: mi fece l'occhiolino. Poi disse: «Buonissime notizie, ragazzi, è saltato l'appuntamento di oggi pomeriggio con il romano.»
In realtà, pensando con un po' di coscienza al motivo per cui eravamo stati mandati lì dal padre del Grosso, era una pessima notizia: era evidente che il "romano", un esperto consulente che veniva raccomandato a tutti gli operatori turistici che intendevano insediarsi a Cuba, aveva stabilito in una sola telefonata con il Grosso che noi rappresentavamo un appuntamento rimandabile, probabilmente all'infinito. Ma se la cosa non importava al Grosso, mi dissi, non doveva importare neppure a me.
«E oggi cosa si fa?» chiese Luis, che stava seduto per terra, lì in veranda, e giocava a domino da solo.
«Oggi non si lavora!» rispose entusiasta il Grosso, tirando fuori dalla busta di carta una bottiglia di *anejo*.
Luis fece un'espressione difficile da decifrare, un misto di incertezza verso il mondo e avversione verso il mondo, ma poi, appena il Grosso gli porse la bottiglia, si alzò in piedi, la aprì e versò un goccio di rum in terra. «*Por los santos*» disse. Poi tirò giù un paio di sorsi e restituì la bottiglia al Grosso che, dopo averlo imitato, la passò a me e a Max.
Finimmo la bottiglia in spiaggia. Yanamaria non era venuta, voleva mettere in ordine, e Luis aveva detto che sa-

rebbe rimasto ad aiutarla, era chiaro a tutti in cosa. «Ottimo. Due persone in meno a cui pagare il pranzo» mi sussurrò il Grosso uscendo.

Prendemmo la macchina e guidammo fino a Playa Santa María del Mar, che era la più ampia e la più bella della zona, secondo quanto dicevano Dulce e Miranda, e in effetti quando arrivammo la luce dorata del sole inondava una spianata di sabbia finissima che si affacciava su una baia dall'acqua così turchese da sembrare finta. In spiaggia ci sistemammo in un punto tranquillo, in disparte, dove non c'era quasi nessuno. Il Grosso si addormentò quasi subito mentre Miranda e Dulce si divertivano a indovinare da cinquanta metri la nazionalità di tutti quelli che camminavano in riva al mare.

«È facile» spiegò alla fine Miranda. «I tedeschi, anche quelli con i capelli scuri, sono bianchi come il latte, perciò la pelle diventa rossa immediatamente. Gli italiani hanno sempre un tatuaggio, o le basette. I messicani hanno tutti i baffi.»

«E i cubani?» chiese Max.

«I cubani è molto facile. Non hanno con sé niente: niente occhiali da sole, niente creme, niente sigarette. *Nada de nada*.»

Max fissò Miranda.

«Ma qui avete tutto gratis, no?»

«Gratis cosa?»

«Casa, istruzione... elettricità, ospedali...»

«Ma tu che ne sai di Cuba?» si accese all'improvviso lei. «Noi ce ne stiamo qui su questa isola separata da tutto il resto del mondo... senza soldi, senza giornali, senza informazioni, senza niente di niente... Siamo qui tutti in trappola, nel fondo dell'oceano... al buio, perché l'elettricità di cui parli in realtà manca sempre... tranne ovviamente negli alberghi, dove avete perfino l'aria condizionata... e, certo, abbiamo le nostre baracche... e vuoi fare un salto nei nostri negozi? Benvenuto: sono vuoti. Mentre in quelli per i turisti puoi trovare tutto, solo che si paga in dollari e per me sono inaccessibili...»

Max si morse la lingua: «Ma Castro non lo vede?»

Miranda scosse la testa e abbassò lo sguardo, insieme al tono della voce: «Castro si guarda in uno specchio truccato: uno specchio che continua a rimandargli l'immagine dell'eroe guerrigliero in divisa verde oliva. Ma intanto qui va tutto *a la mierda*. E la gente non fa nulla, perché se io sono un operaio o un contadino finisce che alla fine mi dico: visto che fanno finta di pagarmi, io faccio finta di lavorare. E l'industria va *a la mierda*. E l'agricoltura va *a la mierda*. Va tutto *a la mierda*, mentre Castro gioca a fare l'antimperialista a novanta miglia dalla Florida.»

Max si massaggiò la barba fissando Miranda poi si alzò e, fatti due passi verso il mare, si voltò e le disse: «Ne ho abbastanza di lezioni. Sei come Luis. State sempre a fare lezioni a tutti.»

«La colpa è vostra» rispose Miranda. «Siete voi che ci fate mille domande. Siete voi che ci chiedete di Castro, di Cuba, di noi... Ma, *caray*, cosa credete? Che i turisti qui mi chiedano della mia situazione? Qui vogliono solo sapere quanto costa il rum, o i sigari o la mia figa. Questo è quello che chiedono i turisti.»

In quel momento il Grosso si svegliò, si stiracchiò e si sedette sulla stuoia, strofinandosi gli occhi con le mani a pugno. Fissò prima Miranda, poi Dulce e poi me, poi spostò lo sguardo su Max, verso la riva del mare, e poi tornò su Miranda. «Non siamo turisti,» la corresse con serietà. «Siamo qui per lavoro.»

A metà pomeriggio, annientati dal sole, decidemmo di tornare a casa.

Raggiungemmo la macchina e il Grosso, cercando le chiavi nello zainetto, si appoggiò alla fiancata di un pulmino. Improvvisamente, comparvero due tizi a torso nudo e lo investirono di insulti in italiano.

«Ehi, pezzo di merda, quello è il nostro pulmino» disse il più alto, che aveva un diavolo tatuato sulla spalla sinistra.

Il Grosso alzò le spalle, si spostò dalla macchina e, con l'aria più pacifica del mondo, disse: «Devi scusarmi, amico. Non volevo offendere te, né i tuoi amici... né tantomeno il pulmino. Devi proprio scusarmi. Sinceramente.»

Il tizio con il tatuaggio si avvicinò minaccioso al Grosso, naso contro naso, e ripeté: «Ehi, pezzo di merda, quello è il nostro pulmino.»

Il Grosso, con la velocità e la naturalezza di un felino, gli tirò una testata in pieno volto. L'osso del naso si spezzò con un crack netto, da pelle d'oca. Il tizio si afferrò il setto con due mani, come pregasse, ma urlava dal dolore e sanguinava a fiotti.

«Ammazziamoli, Walter» disse l'amico, ma tenendosi ben lontano.

«Vaffanculo» frignò il primo, con il sangue che gli colava sul petto. «Portami in ospedale.»

«Non finisce qui» ci minacciò ancora l'altro.

Il Grosso allargò le braccia: «Devi scusarmi, amico. Non volevo offendere te, né i tuoi amici... né tantomeno il pulmino. Devi scusarmi.»

I due si guardavano senza sapere cosa fare, misurando il Grosso, me e Max, finché quello con il naso rotto aprì la portiera del pulmino. Saltarono a bordo e qualche secondo dopo erano spariti.

«Mi dispiace» disse il Grosso quando rimanemmo soli.

Miranda gli buttò le braccia al collo: «John Belushi, tu sei *el* più fantastico *loco del mundo.*»

Mentre tornavamo a casa in macchina, però, il Grosso continuava a tremare: «Non volevo fargli male, è stata colpa sua.»

Max cercò di rassicurarlo: «Se l'è cercata, se l'è proprio cercata.»

«E l'ha trovata» aggiunse Dulce con una certa soddisfazione.

Quando arrivammo a casa, Yanamaria e Luis non c'erano. Il Grosso era sempre sconvolto e si buttò sul divano della veranda: «Questo non è buono per il mio karma. Non è affatto buono.»

Io e Max cercammo di calmarlo in tutti i modi, ma dopo mezz'ora non era cambiato nulla.

«Dovresti farmi un favore» mi disse il Grosso a quel punto.

«Ma certo.»

«Cercami della maria. La maria mi calmerà.»

«Ma è assurdo» dissi.

Lui mi mise una mano sulla spalla: «Ti prego. Di cuore.»

Miranda disse che lei sapeva dove andare e così saltò in macchina con me e partimmo verso L'Avana.

Era metà pomeriggio ma il sole era ancora caldissimo. Alle porte della città sfilammo davanti a un gigantesco murale con scritto PATRIA O MUERTE! poi ci immettemmo in una sorta di circonvallazione che conduceva a quelle che Miranda chiamava «*micro brigadas*», ovvero un gruppo di casermoni tutti identici, alti quattro piani e pieni di finestre murate con mattoni rossi.

«Dove stiamo andando?» chiesi.

Lei mi fece segno di svoltare a destra: «Da Churchill.»

«E chi è?»

«Uno che vende.»

Arrivammo a un largo spiazzo sterrato, al cui fondo partiva una baraccopoli di legno e lamiere ondulate.

«Adesso spegni il motore e stiamo qui fermi.»

«Non cerchiamo Churchill?»

«Sarà lui a trovarci.»

Tirai giù il finestrino ed entrò una zaffata indefinibile,

come di frutta marcia. In pochi secondi l'umidità esterna si sostituì all'aria raffreddata dal condizionatore e sentii la fronte imperlarsi di sudore.

«Come vivi quando non ci sono turisti?» chiesi.

Lei si voltò e mi fissò: «Me la sono sempre cavata.»

«Come?»

Si sfiorò il lobo destro, come a sincerarsi che la fila di cerchietti d'argento fosse al suo posto, lo stesso identico gesto che le avevo notato eseguire al 1789, mentre ballava.

«Vuoi che ti racconti la mia storia lacrimosa?» disse. «Non ne ho intenzione. Mia nonna diceva che per vivere bastano tre regole, e sono tutti divieti da applicare a se stessi: non oziare, non incolpare, non lamentarti.»

Ci fissammo a lungo, in silenzio.

«Tu piaci a lui» disse a un certo punto Miranda. «Io non posso toccarti. Glielo devo.»

Non capivo. «Ma cosa stai dicendo?» domandai.

«Sono parole tue, l'altra mattina.»

Mi accarezzai il mento con il palmo della mano. «È vero» dissi.

«Cos'è che devi al Grosso?»

Alzai le spalle. Lei mi puntò addosso gli occhi.

«Stavo morendo» dissi a bassa voce. «Sono vivo grazie a lui.»

«Raccontami tutto.»

«Vuoi che ti racconti la mia storia lacrimosa?» dissi. «Non ne ho intenzione. La nonna di una mia amica diceva che per vivere bastano tre regole, e sono tutti divieti da applicare a se stessi. Non oziare. Non incolpare. Non lamentarti.»

Miranda fece qualcosa a metà tra un sorriso complice e una smorfia di soddisfazione, poi posò una mano sulla mia coscia. «Ormai ci avrà visti» disse. «Adesso possiamo scendere.»

Appena chiusi a chiave le portiere comparve un ragazzino che non dimostrava più di tredici anni. Indossava un vecchio costume da bagno rosso stinto e una canottiera da basket dei Lakers. Ai piedi portava due stivali da cowboy con le punte argentate.

Salutò Miranda e poi ebbero un veloce scambio di battute in spagnolo, che non riuscii a decifrare, anche se lei indicò più volte nella mia direzione e lui mi guardò altrettante volte con aria ostile. Alla fine il ragazzino fece segno di seguirlo e raggiungemmo una delle prime baracche: lui infilò la chiave in un lucchetto e aprì la porta. Era di lamiera ma rinforzata con parecchie assi di legno che le davano un'aria solida.

La baracca puzzava di marijuana ed era zeppa di oggetti come il negozio di un rigattiere: quasi tutta roba rotta e sporca, come se fosse stata recuperata da una discarica.

«Quanta ne vuoi comprare?» mi chiese Miranda.

«Non so, dieci dollari?»

Il ragazzino capì perfettamente e tese la mano con il palmo aperto verso di me. Guardai Miranda e lei mi fece cenno che andava tutto bene, allora tirai fuori il portafogli e gli allungai un biglietto da dieci. Il ragazzino sparì dietro una tenda e tornò qualche istante dopo: aveva in mano una busta di plastica azzurra, da supermercato, stracolma di marijuana. Era color verde salvia, profumatissima e piena di cime.

Me la porse e poi fece segno di levarci di torno.

Mezz'ora dopo eravamo nuovamente sulla vía Blanca, in direzione di casa.

«Churchill dov'era?» chiesi a Miranda.

«Quello era Churchill.»

«Tu dove abiti?»

Lei indicò il mare e poi sorrise.

La veranda era deserta e avvolta dal silenzio. Mi fermai al cancelletto e mi venne un pensiero strano: notai che tutti gli oggetti sembravano disposti come a formare un rebus. C'era un tavolo di plastica bianca con un angolo rotto, due remi malconci appoggiati al muro, un'asse, una carriola senza ruota con sopra un motore a elica incrostato e, dietro al divano, una bici completamente arrugginita, in quel modo che solo la salsedine è capace di fare. Provai ad aggiungere un paio di lettere immaginarie, per vedere se si poteva ricavarne una frase sensata, ma Miranda mi scostò da una parte e aprì il cancelletto.

«Se vuoi rimanere qui tutto il pomeriggio con quel sacchetto in mano» disse, «ti informo che a Cuba la marijuana è illegale. Perfino per i turisti.»

«Non siamo turisti» le dissi imitando il Grosso. «Siamo qui per lavoro.»

Lei mi spinse dentro casa, ridendo.

Dulce, Yanamaria, Luis, Max e il Grosso erano seduti intorno a un tavolo alle cui spalle ronzava un vecchio ventilatore. Giocavano a domino.

«Avete la mia medicina?» chiese il Grosso.

Io posai il sacchetto sul tavolo, coprendo le tessere: «Spero sia abbastanza.»

Max e il Grosso si alzarono contemporaneamente, increduli.

«Ma quanto hai speso?»

«Dieci dollari.»

Max scoppiò a ridere.

«Coraggio, fuori le cartine» disse il Grosso.

«Le cartine?»

Luis ci aveva mostrato come rollare usando della semplice carta di giornale, con un sistema che mi ricordava il modo in cui da bambino preparavo i cartocci per la cerbottana.

All'inizio provammo a fumare la maria pura ma era fortissima e fummo costretti a mischiarla con del tabacco.

Quando spegnemmo la quarta canna viaggiavamo al confine tra la trascendenza e l'intossicazione, le mani arrivavano a toccare l'orizzonte, Max parlava di Fidel sulla Sierra Maestra, Luis conversava in una seconda realtà e io fantasticavo di Miranda nuda con addosso solo gli stivali di Churchill.

A quel punto il Grosso prese Miranda per mano e, con una grazia che sembrava impossibile poter tirare fuori da quel corpo gigantesco, la condusse in camera. Era ormai sera e, con ordine, sparirono anche Max e Dulce e Luis e Yanamaria.

Non rimase che andarmi a sedere sul divano della veranda. Ma proprio nel momento in cui la nostalgia di chiunque cominciava a invadermi e io mi vedevo come un uomo molto tradito dalle circostanze, proprio nel momento in cui una lenta, avvolgente e sempre più profonda malinconia per tutto cominciava a confondersi con la nebbia nella mia testa, dove il fumo era riuscito ad annientare in poche volute un'armata neuronale di miliardi di unità, proprio quando ormai ogni cosa mi sembrava irrimediabilmente incomprensibile e persa, e nella piena consapevolezza che le cose stavano così e non c'era verso di cambiarle, il Grosso spuntò fuori in costume da bagno e t-shirt dei Madness e si lasciò cadere sul divano, accanto a me, con aria ancora più affranta della mia.

Rimase immobile come una statua per dieci minuti poi, senza dire una parola, strappò un pezzo di giornale, ne fece un cartoccio, lo leccò, lo riempì di tabacco e marijuana, lo rileccò, attese che si asciugasse pressando per bene, poi lo accese e se lo fumò tutto quanto. Ne fece un secondo, che divise con me, e andammo avanti così fino all'imbrunire, interrotti solo da scariche di risate lunghissime e del tutto immotivate.

Verso le otto un uomo si presentò al cancelletto con una cassa di birra e chiese se volevamo comprarla per un dollaro. Il Grosso annuì, l'uomo entrò, depose la cassa ai piedi del divano, prese il biglietto da un dollaro e se ne andò. Stappai due birre calde poi entrai in casa e stipai le altre nel vecchio frigo. Andai in bagno e quando finii fui costretto a passare davanti alla stanza dove c'era Miranda. La porta era aperta e così sbirciai dentro: lei dormiva, nuda fino alla cintola, con il resto del corpo fasciato dentro i jeans rossi. Sembrava una sirena. Socchiusi la porta e tornai sul divano in veranda, dove il Grosso beveva la sua birra in silenzio. Dopo un po' si presentò al cancello un uomo con una scatola di Romeo Y Julieta e chiese se volevamo comprare quei sigari per cinque dollari. Il Grosso annuì, l'uomo entrò e mi porse la scatola, prese i cinque dollari e se ne andò. Io accesi un sigaro per me e uno per il Grosso. Dopo un po' si presentò al cancello un uomo con una bottiglia di Havana Club invecchiato e chiese se volevamo comperare quel rum per tre dollari. Il Grosso annuì, l'uomo entrò e mi porse la bottiglia, prese i tre dollari e se ne andò. Io stappai la bottiglia, versai le prime gocce per terra – *por los santos* – poi presi una sorsata per me e porsi il rum al Grosso. Poi venne la donna da cui comprammo due galline vive, l'uomo da cui comprammo il casco di banane, quello che ci vendette le pannocchie di mais, quello del pesce, quello del latte, i ragazzini con l'aragosta e l'uomo del peperoncino, perché – ormai era evidente – si era sparsa la voce che due europei strafatti di marijuana se ne stavano immobili sul divano di una veranda e regalavano dollari nordamericani in cambio di qualunque cosa. Alla fine arrivò un tizio con un pavone e stavamo per comprare anche quello, un magnifico esemplare verde smeraldo con i riflessi blu, quando Luis si svegliò, uscì in veranda e scacciò via tutti i questuanti in attesa, prendendoli a male parole. Poi tirò il collo alle due galline, chiamò Yanamaria e andarono sul retro a spennarle.

Yanamaria aveva acceso un vecchio televisore in bianco e nero e due tizi in divisa militare, un uomo e una donna, leggevano le notizie, quasi tutte relative a Cuba. Non c'erano collegamenti esterni, né servizi premontati, niente: solo due tizi che leggevano le notizie.

Intanto Dulce si era messa a cucinare. Io e il Grosso avevamo seguito le sue mosse in cucina, un po' per curiosità e un po' perché eravamo in preda a un attacco di fame chimica. Lei aveva tagliato il pollo a pezzetti, lo aveva prima immerso nel latte, poi passato nella farina mescolata al peperoncino e infine fritto in olio di semi dentro una gigantesca padella. Una volta pronto lo aveva unito a del riso bollito nel latte di cocco e a quel punto avevamo chiamato tutti a raccolta.

Mentre cenavamo in veranda, innaffiando tutto di birra, il televisore continuava a restare acceso all'interno. Quando chiedemmo a Yanamaria che senso avesse, lei ci spiegò con naturalezza che non si poteva spegnerlo: «Se qualcuno si accorge che non ascolti il telegiornale per qualche giorno allora può denunciarti. E così vengono a controllarti di nascosto e, se la cosa viene confermata, puoi passare dei guai.»

Il Grosso disse che gli sembrava una cosa assurda: «Che senso ha obbligare la gente a tenere accesa la tv mentre poi manca la luce per giorni interi? Forse si può risparmiare corrente, no?» Yanamaria scambiò con Dulce e Miranda uno sguardo di intesa, come a dire che eravamo degli idioti. Max rimase in silenzio ma quando finì di cenare andò a sedersi con Luis davanti al televisore e cominciò a discutere con lui.

Io mi feci una doccia che, per via dell'acqua gelida, fu rapidissima. Mentre finivo di asciugarmi entrò Miranda e cominciò a spogliarsi: si aprì la camicia bianca, bottone per bottone, poi la tolse con naturalezza svelando due seni piccoli, con i capezzoli scuri come more. Poi si sfilò i pantaloni rossi e rimase in slip. Eseguì ogni gesto senza alcuna malizia, come se fosse sola, e quando fu nuda mi sorrise. Io uscii dal bagno.

Raggiunsi il Grosso sul divano della veranda dove lui continuava a bere birra e fumare come un indemoniato. Max e Dulce sparirono presto in camera, mentre Luis e Yanamaria giocavano a domino.

Miranda venne a sedersi tra me e il Grosso, ci fumammo un paio di canne e ridemmo per qualunque idiozia ma sembrava chiaro sia a me sia a lei che, sotto quell'apparenza di imballata allegria, stavamo giocando in parallelo una complicata partita a scacchi, in cui ciascuno dei due, pur obbligato a turno a muovere il suo pezzo, cercava in tutti i modi di non attaccare, rimaneva incerto ad aspettare l'offensiva dell'avversario, che però non arrivava mai, e allora continuavamo a temporeggiare in una specie di melina, muovendo gli alfieri avanti e indietro sulle stesse diagonali, e i cavalli avanti e indietro sulle stesse L, nella maniera più inutile possibile, secondo i dettami di quella grande incertezza di movimento che è la cosa più vera di ogni vita.

Verso mezzanotte il Grosso vomitò.

Miranda andò in bagno, gli accarezzò la testa per venti minuti e poi, amorevolmente, lo trascinò in camera.

Io tornai in veranda e questa volta fu Luis a sedersi con me.

Mi lanciò un'occhiata impenetrabile e poi chiese: «Tu conosci la matematica?»

Sapevo benissimo dove voleva arrivare.

«Per alcuni aspetti» risposi.

«Allora conoscerai le somme.»

«Quelle sì.»

«Dunque: Max si è sommato a Dulce. Il Grosso si è sommato a Miranda e, lo hai ben capito, Luis si è sommato a Yanamaria.»

«E quindi?»

«Pare che tutte queste somme abbiano generato uno scarto.»

Scoppiai a ridere.

«E quindi?» ripetei con curiosità.

«Quindi Luis è un tuo bravo amico e perciò starà con te e ti troverà una donna e così avremo tutte le sommatorie a posto.»

«E a quel punto, tirate le somme, potremo moltiplicarci!» sbottai facendo seguire alle parole la classica risata di chi ha fumato troppa erba.

Yanamaria venne fuori e subito Luis si alzò e la prese da parte: discussero animatamente, anche se sottovoce, e alla fine lei se ne andò gettando verso di me un'occhiata di disappunto. Luis tornò a sedersi.

«Andiamo a fare un giro?»

Non ne avevo nessuna voglia, ma rimanere lì mi pesava ancor di più. «Va bene» dissi. Luis mi chiese se poteva guidare e io gli porsi le chiavi, che avevo in tasca dal pomeriggio.

La notte era luminosa e Guanabo, benché illuminata in modo spartano, presentava una visibilità più che accettabile rispetto ai quartieri dell'Avana che avevamo visitato alla ricerca della casa di Dulce. L'autoradio mandava il solito reggaeton e quando la spensi lanciai automaticamente un'occhiata a Luis, ricavandone la sensazione netta che in realtà non sapesse dove andare.

Alla fine parcheggiammo davanti a una discoteca sul lungomare e, neanche il tempo di varcare la soglia, subito ci piombarono addosso dieci ragazze – «*Ay papi una cerveza...*», «*Ay papi un mojito...*» – e allora sgattaiolai verso l'enorme spazio all'aperto e mi sedetti su un divanetto di vimini solitario, lasciando Luis a gestire la situazione.

Passò un cameriere e ordinai una Coca e rum, mentre tre italiani sulla sessantina prendevano posto vicino a me. Erano toscani e invadenti, ma siccome viaggiavo in uno stato di intontimento indescrivibile non riuscii a dimostrare il fastidio che mi dava la loro presenza.

«Possiamo sederci con te?» chiese il primo, che fumava un sigaro enorme.

Io alzai le spalle e lui venne a sedersi sul divanetto mentre gli altri spostarono due poltroncine e si misero davanti, lasciando pochissimo spazio ai lati in modo da evitare intromissioni.

L'uomo con il sigaro presentò se stesso e i due amici: «Io sono Mascetti, lui è Sassaroli e lui è Tristezza, e se comincia a parlare capirai il perché.» Poi scoppiò a ridere.

«Hai capito perché ci chiamiamo Mascetti e Sassaroli?» chiese. «Perché siamo come nel film.»

Io annuii.

All'inizio se la presero con Luis, evidentemente mi avevano visto entrare insieme a lui.

«Attento agli uomini cubani» mi mise in guardia il più vecchio dei tre, Sassaroli, che aveva un'orribile camicia hawaiana bianca e azzurra a coprire l'enorme pancia. «Per la maggior parte sono più parassiti delle donne. Parere personale, eh.»

«A proposito di donne» disse Mascetti, «com'è che sei solo soletto?»

Di nuovo alzai le spalle, tirai fuori una Winston e me l'accesi. Nel frattempo arrivò il mio cuba libre. Loro ordinarono dei mojito. Qualche ragazza si avvicinò, ma eravamo chiusi come in un fortino e perciò furono costrette a ronzare nei pressi.

«Ieri notte è stata un po' spenta» continuò Mascetti. «Ma mi sono rifatto oggi pomeriggio con tre donzelle incontrate in spiaggia. Mi si incrociavano gli occhi per guardare da una parte e dall'altra quale mi sarei trombato.»

Tirò una lunga boccata, con soddisfazione, poi proseguì: «Alla fine ho fatto che adescarle tutte e tre con l'invito a bere qualcosa ai chioschetti e poi le ho invitate in hotel promettendo un completino intimo a ciascuna... sai, ho portato con me una valigia da diciotto chili piena di vestitini e intimo acquistati all'ingrosso a Prato. E poi rossetti, smalti per unghie, mascara, matite per occhi, mutandine... tutto sempre rigorosamente da mille fino al massimo tremila lire. Conclusione. Alla fine ho trombato una delle tre, morettina, bassa, ma calientissima. Voto sei e mezzo, ma non l'ho mica pagata, solo regalato i completini, come promesso. Io sono uno con la sua dignità, eh.»

Il cameriere portò i tre mojito e Tristezza pagò per tutti.

Mascetti continuò: «Be', già che c'ero ho distribuito anche un po' di braccialetti portati apposta, un orologio di plastica rosa da duemila lire e un paio di scarpe Canguro che non usavo più da anni, pronte al riciclo cubano per qualche fratello, padre o nonno. In effetti la morettina se lo meritava: a letto aveva una voce idilliaca. Avrei voluto trombarmela almeno un altro giorno ma si sa com'è Cuba: non fai mai ciò che pensi cinque minuti prima.»

I due amici, approvando la battuta, fecero un brindisi. Poi fu Sassaroli a riprendere la parola: «Guarda, non so come sei tu, ma qui gli italiani stanno rovinando la piazza. Finirà che tra qualche anno queste vorranno tutte soldi. Ma non è giusto, è una pazzia: voglio dire, io non ho mai negato un regalo da vero galantuomo italiano ma non voglio mica che finisca come in Thailandia dove ti fai tutte 'ste ore di aereo per sentirti dire che per trombare vogliono quaranta dollari. Voglio dire: qui quaranta dollari sono due mesi di stipendio di un medico, se gli va bene. Ma vallo a spiegare a tutti questi rincoglioniti che arrivano qui e fanno finta di essere Paperon de' Paperoni.»

Non sapevo dove fissare lo sguardo, una malinconia disperata mi aveva avvolto come un bozzolo e guardavo intorno come intontito, senza capire, cercando di convincermi di esistere davvero.

«L'anno scorso» riprese Mascetti, «sono andato a Rio

per l'ennesima volta, ma basta. Ormai tutto si riduce a vera e propria prostituzione e io non mi faccio mica migliaia di chilometri per andare a puttane! Ti portano sempre nei soliti dieci posti dove è pieno di donne, anche bellissime, che ti chiedono un botto di soldi. E poi, appena finiscono, se ne tornano nei locali a trovare il prossimo pollo... Brutte, brutte abitudini stanno prendendo piede.»

Mascetti approvò le parole dell'amico scuotendo la testa, poi ci fu un momento di silenzio. Fissai l'uomo che chiamavano Tristezza, che aveva l'aria di sentirsi a disagio, e lui interpretò il mio sguardo come un invito a dire la sua. Così cominciò a parlare, scandendo le parole con estrema lentezza: «Non so se sei d'accordo, ma questa musica qui latino-americana è insopportabile.» Mi sentivo sempre più intontito, non riuscivo a capire perché si rivolgessero tutti e tre a me invece di parlare tra loro, e non vedevo vie d'uscita se non quella di sorseggiare il mio coca e rum e fumare. «Non parliamo poi dei servizi turistici, una cosa abominevole. Però queste donne, be', loro sono *il turismo*. Voglio dire, rispetto alle brasiliane non c'è confronto: in generale, le cubane sono più calde, affettuose, orgogliose. Le thai sono più servizievoli e sottomesse... a me forse piacciono di più, ma sempre in generale.»

«Scherzi?» lo interruppe Sassaroli. «Secondo me sei stato sfortunato oppure hai trovato solo cubane sbagliate. Ci vogliono cinque thai per fare una cubana, ficcatelo bene in testa.»

«Sono pareri» riprese Tristezza, sempre lentissimo. «E poi esistono sempre eccezioni, sia da una parte che dall'altra. Adesso che si riesce di nuovo a viaggiare all'Est, se hai la fortuna, mi dicono un gran bene delle russe... bionde, bianche e statuarie. Ma mi dicono anche molto fredde. Poi ognuno sceglie la destinazione secondo la tipologia che più gli garba. Mica voglio litigare... trovo che sia giusto e anche meglio che ci si confronti sulle preferenze e...»

Mascetti lo interruppe e si rivolse direttamente a me: «Senti qua, invece: sempre al mare, qualche giorno fa. Conosco una sventola di diciotto anni dell'Avana, mulatta, occhi verdi, fisico da top model. Morale: me la porto in hotel, dove avevo già corrotto il guardiano, ma quella non aveva i documenti e allora lui non la fa entrare, ma lei dice di averli a casa. Bene, è troppo bella e me la voglio trombare tutta la notte, dal pomeriggio. Allora prendiamo un taxi e la porto a casa sua, praticamente abitava in una favela... avevo anche paura che mi derubassero, ma poi mi è venuto in mente che qui hanno tutti paura delle guardie, ai turisti non torcono un capello... Allora stiamo dentro questa baracca e la sua camera confina con un porcile, te lo giuro, c'erano i maiali che facevano sgrunt sgrunt e io seduto sul letto... e alla fine i documenti non si trovano e allora ho fatto che trombarmela lì, un porcaio in tutti i sensi, echissenefrega, si vive una volta sola, no? Sgrunt, sgrunt!»

Scoppiarono tutti a ridere, si sbellicavano proprio.

Poi Mascetti mi guardò serio. «Ma ti voglio dare un consiglio» disse.

Io gli feci cenno di andare avanti. Non avevo ancora detto una parola.

«Quello che devi evitare qui è di innamorarti. Nella maniera più assoluta. È chiaro?»

«Sì» risposi con aria seria.

«Ah, bene, pensavo fossi muto» proseguì lui spegnendo il sigaro. «Ascolta, qui ognuna di queste si fa un uomo appena può, cioè diciamo, proprio a stare bassi, uno ogni tre o quattro giorni. Giusto?»

Annuii.

«Allora fa un po' il calcolo: in totale diciamo che sono otto uomini al mese. Perciò diciamo un centinaio l'anno. E allora ecco che una ventenne, diciamo una che l'ha cominciata a dare a quindici, ecco, se n'è fatti cinquecento. Cinquecento, capisci! Ma allora se proprio vuoi sposare una così, vattela a prendere direttamente dalle nostre tangenziali italiane!»

Di nuovo scoppiarono a ridere tutti e tre.

Luis arrivò al tavolo e lo guardarono con ostilità.

Io ne approfittai per alzarmi lentamente, poi strinsi la mano a tutti e dissi ossequioso: «Signori, è stato un piacere conversare con voi ma adesso vi devo lasciare. Importanti accadimenti richiedono la mia presenza altrove.» Poi feci una specie di riverenza, esageratamente affettata, e me ne andai a passi rapidi, seguito da Luis. Attraversammo la selva di divanetti – ormai il locale era semivuoto – finché al fondo, poco prima dell'uscita, notai una decina di ragazze in fila come se stessero aspettando l'autobus. Solo che stavano aspettando me.

Guardai Luis e il suo sorriso me lo confermò. «Ecco, puoi scegliere tu» disse.

Non aveva ancora finito la frase che io mi ero precipitato fuori e stavo già correndo verso la macchina.

Quando parcheggiai davanti a casa, Luis era desolato.

«Forse a te piacciono *los hombres*?» mi chiese dubbioso.

Io mi girai e lo fissai negli occhi: «Luis, io lo so che non capisci, ma è semplice: se una cosa è troppo facile da ottenere, averla non ha più senso.»

Lui distolse lo sguardo e poi mi puntò i suoi occhi aguzzi in faccia: «Dovresti fare per un po' una vita in cui tutto è difficile da ottenere. Ti farebbe bene.»

«Per una volta, Luis, ti sbagli: questo non è un comportamento da viziati. Questo è il contrario del comportamento di un viziato.»

«*Vate a la mierda*» disse ridendo. Poi mi puntò gli occhi addosso: «Ho capito.»

«Cosa hai capito?»

«C'è un solo momento in cui un uomo non guarda le donne.»

«Quale?»

«Quando è innamorato» disse.

Poi scese dalla macchina e sparì nel buio.

Io mi accesi l'ennesima sigaretta e rimasi lì a fissare il parabrezza. Quando mi decisi a scendere ed aprii il cancelletto notai un'ombra sul divano della veranda. Era qualcuno che fumava. Sulle prime pensai che fosse Luis, ma poi l'arancione della brace illuminò il viso di Miranda.

Ebbi una specie di tonfo al cuore, ma cercai di comportarmi con la maggiore naturalezza possibile. Mi andai a sedere accanto a lei senza dire una parola.

Passò almeno un minuto e alla fine mi decisi.

«Che fai?» chiesi.

«Non ho sonno.»

«Il Grosso?»

«È svenuto da ore.»

Passò un altro minuto. Finimmo le sigarette e buttammo i mozziconi in terra, senza spegnerli.

«Lo sai perché i nostri sigari si chiamano Montecristo e Romeo Y Julieta?» chiese improvvisamente Miranda.

Non mi interessa in nessun modo, pensai. «Sono curioso di saperlo» dissi.

«La cosa risale alla metà dell'Ottocento. I sigari si fabbricavano già a mano ed era un'attività noiosa e ripetitiva... A un operaio venne l'idea di autotassarsi: trattenere dai salari di tutti una piccola percentuale e usarla per pagare qualcuno che leggesse un libro ad alta voce. Cominciò così: mentre tutti lavoravano, uno leggeva. E il tempo passava più rapido.»

«Davvero?»

«Una delle letture preferite era *Il conte di Montecristo* di Dumas. Era così popolare che un gruppo di sigarai gli scrisse, chiedendogli il permesso di battezzare Montecristo i sigari che producevano.»

«E Dumas?»

«Dumas fu d'accordo.»
«Chi ti ha raccontato questa storia?»
«Mia madre. Ha fatto la sigaraia per più di quarant'anni.»
Indugiai: «Scrissero anche a Shakespeare?»
Miranda mi prese per mano.
«Andiamo in spiaggia?» chiese tirandosi su.
«Andiamo» risposi.
Così cominciammo a camminare, gli unici due esseri umani ancora in piedi in tutta Guanabo. Il silenzio era rotto dal vento che soffiava forte sulla vegetazione e le palme sul lungomare oscillavano come se danzassero.
Arrivati alla spiaggia camminammo fino al bagnasciuga e poi ci sedemmo, appiccicati, a guardare il mare.
«Non hai trovato neanche una donna in giro?» chiese lei dopo un po'.
«Be'» dissi fissandola, «alla fine una l'ho trovata.»
Lei si morse un labbro. Poi cominciò a fare disegni sulla sabbia. Spirali, labirinti.
Alla fine mi chiese: «Sai qual è la poesia più bella del mondo?»
«Ce n'è una diversa per ognuno.»
«È vero. Sai qual è la poesia più bella del mondo per me?»
«Dimmela.»
E lei cominciò a recitare: «*Por el Mar de las Antillas / que también Caribe llaman / batida por olas duras / y ornada de espumas blandas / bajo el sol que la persigue / y el viento que la rechaza / cantando a lágrima viva / navega Cuba en su mapa: / un largo lagarto verde / con ojos de piedra y agua.*»*

* Lungo il Mare delle Antille/ che dei Caraibi pure si chiama/ battuta da dure onde/ e ornata di tenere spume/ sotto il sole che incalza/ ed il vento che la sferza/ cantando a calde lacrime/ naviga Cuba nella mappa:/ lunga lucertola verde/ con occhi di pietra e d'acqua. (*Un largo lagarto verde*, di Nicolás Guillén. Tratta da *Canti Cubani*, Editori Riuniti, 1961. Traduzione di Dario Puccini.)

«Traducimela» le chiesi.

Lei la tradusse. Lo fece con una voce che non sembrava sua, maschile, arrochita dalle sigarette.

«Adesso dimmene una tu.»

E io cominciai, senza doverci pensare neppure un istante. «È portoghese» avvisai.

«Forza.»

Il giorno seguente, venerdì 5 agosto, ci svegliammo tardi e prendemmo la macchina per andare a L'Avana, lasciando tutte le ragazze a casa. Luis, come sempre, riuscì a convincerci che la sua presenza era indispensabile e così, alla fine, ci arrendemmo e lo caricammo a bordo.

Se questo racconto seguisse le regole classiche della trama, nelle pagine precedenti avrei dovuto seminare degli indizi qua e là, inserire delle anticipazioni o almeno dei piccoli segnali di quello che sarebbe successo. Ma nella realtà non ci fu nessuna avvisaglia che ci mettesse in allerta o, se ci fu, nessuno di noi ebbe occhi abbastanza acuti da coglierla: perfino Luis, che sembrava sempre sapere tutto, fu afferrato di sorpresa dagli eventi.

Era una giornata luminosa, anche se il cielo non era limpidissimo, ma quando entrammo in città ci accolse un'atmosfera strana. La gente era radunata in gruppetti e sembravano tutti tesi, in attesa di qualcosa. Inoltre ci capitò di incrociare a più riprese dei mezzi molto particolari, che non avevamo mai visto nei giorni precedenti: si trattava di camionette militari scoperte e armate di una grossa mitragliatrice sul rollbar. Luis ci spiegò che quel tipo di veicolo si chiamava «tecnica».

Registrai la stessa inquietudine generale anche nello sguardo e nei modi del funzionario del turismo, che snocciolò una montagna di dati come se pensasse a qualcosa di più importante.

«Investire qui oggi è una scommessa sicura» ci disse

senza entusiasmo. «Siamo passati dai duecentomila turisti nel 1987 al mezzo milione del 1992. E quest'anno contiamo di arrivare a un milione.»

Ci riempì di locandine fotocopiate con un apparecchio difettoso, che lasciava ampie righe nere sulle pagine, e ci congedò bruscamente dopo una ventina di minuti.

Il Grosso chiese di poter effettuare una telefonata e quando il permesso gli fu accordato provò a contattare "il romano", l'esperto di turismo, ma quello si negò per l'ennesima volta.

Quando uscimmo la situazione era ancora più tesa: c'erano gruppi di persone ovunque, tutte con l'aria minacciosa, come gli ultrà di una squadra prima di una partita, ma non capivamo cosa fosse successo. Luis andò a informarsi e quando tornò, qualche minuto dopo, era nervosissimo.

«E allora?» chiese Max.

«Le notizie sono confuse, ma sta succedendo qualcosa di grande.»

«Cosa?»

«Secondo Radio Martí un gruppo di fuggiaschi ha sequestrato una barca al molo della Luz, non lontano da qui.»

«Radio Martí?»

«È la radio degli esuli cubani. Trasmette dalla Florida ed è ferocemente anti-Castro.»

«E la notizia è vera?»

«Dicono che al molo della Luz qualcosa è successo veramente, perché sono arrivati i poliziotti e hanno preso tutti a manganellate. Ma altra gente sta accorrendo per aiutarli. Una cosa incredibile. Qui non protesta mai nessuno.»

Rimanemmo zitti per un po'. Nessuno era più inadeguato di noi tre a quella situazione.

«Vuoi che torniamo a Guanabo?» chiese il Grosso.

«No, vorrei vedere cosa succede» rispose Luis.

Trovammo un bar all'aperto, in una via che ci sembrava riparata, e ordinammo delle birre. Da lontano potevamo vedere una guida turistica che faceva fretta a un gruppo di anziani perché salissero sull'autobus. Quando tutti furono a bordo il mezzo partì a velocità folle. Per le strade si stava radunando sempre più gente, e non c'era una sola donna.

«Le barche sono sempre presidiate?» chiesi a un certo punto a Luis, che continuava a torturarsi le unghie, un gesto che non gli avevo mai visto fare.

Per tutta risposta lui tracannò la sua Cristal in due sorsi. Poi si pulì la bocca con il dorso della mano e chiese una sigaretta. Il Grosso gliela offrì. Luis l'accese e tirò un paio di boccate energiche, poi sputò fuori il fumo come se contenesse del veleno.

«A Cuba, per evitare che scappiamo, ogni barca è tenuta d'occhio. Posso avere un'altra birra?»

Il Grosso annuì.

Luis riprese, concitato: «Tutto è cominciato una quindicina di anni fa, nel 1980, quando circa diecimila persone invasero di colpo l'ambasciata peruviana. Allora Castro disse che chi voleva andarsene era libero di farlo, e così in cinque mesi decine di migliaia di persone si imbarcarono per la Florida. Ma quando il governo americano si accorse che Fidel ne aveva approfittato per svuotare le carceri, tutto venne bloccato, di comune accordo tra i due governi. A quel punto gli immigrati cubani arrivati in Florida erano centotrentamila.»

«So di cosa parli» disse Max. «Questa cosa si vede all'inizio del film di Tony Montana, *Scarface*.»

Luis lo ignorò e andò avanti. Disse che alla fine Fidel aveva realizzato il piano perfetto: aveva messo fine alle contestazioni, si era liberato in un solo colpo dei malviventi più pericolosi e dei nemici politici più insidiosi e, proprio grazie a questa mossa, aveva fatto in modo che fossero gli americani a dover dire di no a nuovi esodi, allontanando da sé ogni responsabilità per questa decisione. «A quel punto gli Stati Uniti» spiegò, «per non ammainare del tutto la bandiera della libertà, stabilirono di accordare lo status di rifugiato politico a ogni cubano che approdasse illegalmente. Il rischio tanto era diventato minimo: probabilmente Fidel ha garantito in segreto che avrebbe tenuto d'occhio le barche e impedito nuove partenze. Perciò da quel momento in poi chi vuole scappare da Cuba si arrangia con quello che ha: fa una zattera e si affida alla fortuna. Che si chiama Corrente del Golfo e un mare infestato dai pescecani.»

Un gruppo di almeno cento persone arrivò da sinistra. Camminavano velocemente e si spostavano compatti verso il lungomare. Molti nascondevano bastoni. Passarono tre camion militari e parecchie di quelle camionette con la mitragliatrice sul rollbar.

Luis si alzò di scatto: «Sta succedendo qualcosa di davvero speciale.»

Il Grosso pagò il barista e cominciammo ad avanzare anche noi verso il Malecón. Nella mia vita un'atmosfera del genere l'avevo respirata solo allo stadio, o da ragazzino, una volta che ero rimasto ai margini di una carica di polizia contro gli studenti dell'università. I militari passavano sui camion e, guardandosi bene dallo scendere, ordinavano ai gruppi di disperdersi ma quelli aspettavano che i camion sfilassero e subito dopo tornavano a riunirsi.

Quando arrivammo sul Malecón si erano accalcate almeno tre o quattromila persone, forse di più: era difficile giudicare perché c'era gente ovunque, quasi tutti giovani. La maggior parte, come Luis, sembravano più curiosi di vedere cosa succedeva che altro, ma alla testa dell'improvvisato corteo c'erano un paio di centinaia di manifestanti davvero determinati che, quando arrivarono faccia a faccia con la polizia, cominciarono a picchiare gli agenti di santa ragione al grido di «*Abajo Fidel!*» e «*Libertad! Libertad!*».

In un istante tutto degenerò.

Il lungomare divenne un gigantesco parapiglia, un caos di manifestanti, agenti e militari, tutti a picchiarsi. Anche nelle retrovie, dove ci trovavamo noi, la situazione era tesissima. Un ragazzino ci passò a fianco mulinando un bastone e corse a schiantarlo contro la vetrina di un negozio per turisti, che andò in frantumi. Luis mi prese per un braccio e urlò «Via, via!», ma faticavamo ad andare controcorrente rispetto alla folla di quelli che si erano lanciati verso il negozio per saccheggiarlo.

Max e il Grosso erano riusciti a fendere la calca con maggiore velocità e, quando li raggiungemmo, Luis non perse tempo. «Seguite me» urlò gettandosi nella direzione da cui eravamo arrivati. Cominciammo a correre verso la macchina, cercando di allontanarci dal caos. Si udivano degli spari, o qualcosa che somigliava a degli spari, ma erano coperti dalle urla della folla.

Intorno a noi turbinavano persone, tutti correvano da ogni parte, non si capiva più nulla. Luis fermò un paio di ragazzi sanguinanti e scambiarono qualche parola. Gli riferirono che l'Hotel Deauville era stato preso d'assalto dai manifestanti, come molti negozi per turisti, ma che i disordini si erano estesi risalendo dal Paseo del Prado, una delle vie più ampie della città, fin verso l'interno: si parlava addirittura di saccheggi ai grandi magazzini Ultra, che si trovavano ad almeno una dozzina di isolati dal lungomare. Nessuno dei due ragazzi era in grado di spiegare l'origine del caos: non sapevano nulla del molo della Luz, mentre dicevano di aver sentito delle voci secondo cui stavano arrivando delle barche da Miami per traghettare tutti quelli che lo desideravano in Florida. Luis voleva saperne di più ma ormai la folla si muoveva a ondate ed era impossibile resistere, i due ragazzi scapparono via e anche noi ci rimettemmo a correre in direzione della macchina.

Quando finalmente la raggiungemmo Max era eccitatissimo mentre il Grosso sembrava annichilito. «Chissà se riusciremo a prendere l'aereo, domani» disse.

Luis si mise al volante, ma non sapevamo dove andare. Le strade erano intasate di persone, e molte sanguinavano o zoppicavano o ne reggevano altre, ed era evidente che in buona parte del centro città erano in atto scontri molto più aspri di quelli a cui avevamo assistito noi. In venti minuti riuscimmo a fare pochi metri, circondati dall'ostilità, perciò appena ritrovammo uno spazio dove parcheggiare l'auto ci fermammo.

Luis scese subito dopo di noi e chiuse le portiere. Poi si guardò intorno preoccupato: «Non ho mai visto niente del genere. Ormai sono ore che la gente sta protestando. Non mi sembra vero.»

Infatti non durò. All'improvviso la massa di persone, che prima andava in ogni direzione scatenando tafferugli e poi ritirandosi, cominciò a muoversi tutta verso l'interno della città vecchia. Luis fermò un ragazzino con una maglietta azzurra intrisa di sangue e quello disse solamente «Blas Roca! Blas Roca!» e poi scappò via.

«Chi diavolo è?» chiesi a Luis.

«Le brigate degli operai edili.»

I camion dei Blas Roca erano arrivati direttamente sul lungomare, nella zona del Castillo de la Punta, e avevano cominciato ad aggredire i manifestanti a bastonate. Noi eravamo stati davvero poco fortunati nello scegliere la direzione di fuga: fino a quel momento andare verso la baia sembrava l'opzione migliore e invece finimmo dritti nel bel mezzo della battaglia. All'inizio la folla cominciò a battersi contro gli edili e a tirarli fuori dai camion e sembrava che i Blas Roca avessero la peggio ma in pochi minuti arrivarono altri camion, e altri ancora, e scesero centinaia di uomini in forze, decisi e armati di bastoni. L'epicentro degli scontri si muoveva continuamente e noi non sapevamo più da che parte andare. Si combatteva a bastonate, ma anche a mani nude e a calci e pugni e i manifestanti non la smettevano di gridare «*Abajo Fidel!*» e «*Libertad! Libertad!*» e poi cominciarono a volare pietre dappertutto e la situazione divenne totalmente fuori controllo. Luis cominciò a correre verso il Paseo del Prado e noi gli andammo dietro come tre forsennati, scansando tutto quello che ci si presentava davanti, uomini e ostacoli, e io mi scontrai con forza contro almeno tre persone in fuga e due volte caddi temendo di venire travolto ma alla fine riuscimmo a raggiungere una via laterale che sembrava più tranquilla, anche se molte vetrine erano in frantumi.

Ci fermammo a prendere fiato appoggiandoci a un muro con le mani, ma Luis disse che non potevamo fermarci: dovevamo trovare un riparo per qualche ora e provare a tornare alla macchina quando avrebbe fatto buio.

All'improvviso, dal Paseo, sbucarono due auto della polizia a sirene spiegate seguite da almeno cinque camion carichi di edili. Sfilarono accanto a noi, ma poi si fermarono a meno di trecento metri, bloccando la via. Dai camion saltarono giù i contingenti dei Blas Roca, tutti armati di bastoni e con aria minacciosa. In strada eravamo in centinaia ma non sapevamo più cosa fare: gli edili erano dietro di noi e davanti a noi. Avevo il cuore in gola. Guardai il Grosso: era paonazzo e ansimava e si vedeva che non aveva più molte energie da spendere. Max invece sembrava lucidissimo e stava mormorando qualcosa a Luis. Quando il grosso dei manifestanti cominciò ad accalcarsi all'imbocco delle vie traverse, alla ricerca di una via di fuga, i Blas Roca partirono alla carica.

Nello stesso istante Max mi indicò Luis: stava prendendo a spallate il portone di un vecchio palazzo fatiscente. Afferrai il Grosso per un braccio e lo trascinai di corsa in quella direzione. Quando ci abbattemmo tutti e quattro insieme, disperati, sul portone, quello cedette di schianto.

Luis si catapultò su per le scale e noi lo seguimmo saltando gli scalini a due a due. Bussò alla porta del primo piano, ma nessuno apriva, allora mi tirò per un braccio e mi mise davanti alla porta: «*Turistas europeos*» disse. «*Dólares para used.*» Dall'interno il chiavistello si aprì e una donna sulla cinquantina, dopo averci squadrati con calma, ci fece entrare e richiuse la porta.

Eravamo salvi.

Il Grosso le diede qualche dollaro e lei ci fece accomodare in salotto, che aveva un aspetto più che dignitoso. C'erano una serie di mobili anni Cinquanta in vetro e legno scuro e un paio di vecchi divani coperti da una coltre di centrini di cotone bianco. Ci buttammo sopra. La donna ci portò una caraffa con dell'acqua e dei bicchieri. Bevemmo. Tirammo il fiato.

Non so quanto tempo ci volle perché il mio respiro tornasse normale: sembrò un minuto ma forse ne erano passati molti di più quando mi alzai e andai ad affacciarmi alla finestra. Max mi raggiunse e sbirciammo con cautela giù in strada.

La battaglia era già finita.

Dal Paseo del Prado sbucò una camionetta più grande delle altre.

Avanzava lentamente seguita da altri mezzi militari.

In piedi sulla camionetta c'era un uomo.

L'uomo indossava una divisa verde oliva e aveva una lunga barba nera.

Max lo fissava come si fissa un evento soprannaturale.

Ma non c'erano dubbi: sembrava l'auto del Papa quando sfila tra due ali di folla, e i Blas Roca lo acclamavano e tutti lo acclamavano e un buon numero di quelli che prima avevano gridato «*Abajo Fidel!*» e «*Cuba libre*» adesso urlavano: «*Viva Fidel, viva Cuba!*»

Luis sentì le urla e corse a vedere. Guardò in strada, poi tirò su col naso e si passò una mano sul volto. Piangeva.

Alle undici di notte riuscimmo a tornare alla macchina. Le strade principali erano ancora presidiate da militari e polizia e avrei giurato che ogni persona in abiti civili ancora in giro fosse un poliziotto in borghese, ma in ogni caso nessuno ci fermò.

Lungo la strada per Guanabo facemmo numerose soste per chiedere notizie della situazione. Le voci degli scontri erano arrivate ovunque e tutti dicevano che negli ospedali dell'Avana e in quelli tutt'intorno alla città non c'erano più letti per i manifestanti pestati a sangue. Un'altra traccia evidente della rivolta erano i tanti gruppi di persone che si erano radunati sulle spiagge e si apprestavano a salpare su imbarcazioni di fortuna. Evidentemente polizia e militari avevano ricevuto l'ordine di chiudere un occhio: quello che interessava al regime era l'ordine nelle strade, e ormai l'avevano ottenuto. Gli altri erano liberi di andare dove credevano, in Florida o in pasto agli squali.

Le ragazze aspettavano tutte e tre sedute sul divano della veranda ed erano nervosissime. Quando arrivammo Dulce si alzò e corse ad abbracciare Max mentre Miranda abbracciò insieme sia me che il Grosso. Solo allora Yanamaria decise anche lei di abbracciare Luis, come per una forma di cortesia.

D'altronde a Luis quella cortesia non interessava. Si mise a rovistare nel retro della casa e alla fine trovò la camera d'aria di un camion, semisgonfia e tutta rattoppata. Se la infilò dalla testa per poi tenerla con le mani all'altezza della vita, come un bambino con il suo salvagente a paperella, e si presentò a noi: «Vado in America» disse serio.

Ci sarebbe stato da ridere ma eravamo sfiniti dalla giornata e l'unica che disse qualcosa fu Yanamaria: «Io a Miami non ci voglio andare. Qui non faccio niente. Passo l'intera giornata sull'amaca. Non so se a Miami me lo lascerebbero fare.»

Ma Luis era irremovibile: «Voi domani partite. Voglio partire anche io.»

Max prese Dulce e sparirono in casa.

Alla fine io e il Grosso ci arrendemmo alle pressioni di Luis e accettammo di accompagnarlo in spiaggia. Miranda disse che voleva venire anche lei. A quel punto diedi una voce a Yanamaria, ma lei per tutta risposta alzò le spalle, si sedette sul divano della veranda e si accese una sigaretta dal pacchetto che il Grosso aveva lasciato lì a disposizione.

Yanamaria fissò Luis e con la mano fece un saluto: «*Abajo Norteamérica. Que Viva Cuba.*»

Così scendemmo verso il mare.

Luis continuava a camminare con la camera d'aria intorno alla vita, era ridicolo e probabilmente se ne rendeva conto ma faceva finta di niente. Anzi: aveva assunto un'espressione convinta e risoluta e guardava fisso davanti a sé come un centravanti prima di tirare un rigore fondamentale.

In pochi minuti raggiungemmo la spiaggia, poi ci dirigemmo con decisione verso destra, tagliando la sabbia in diagonale, perché c'erano tre o quattro persone che armeggiavano intorno a qualcosa che da quella distanza non vedevamo bene, ma che immaginammo fosse una zattera. Miranda mi guardò: stavamo raggiungendo praticamente lo stesso identico punto della notte precedente.

I cubani intorno alla zattera, in realtà, erano cinque. Avevano costruito un'imbarcazione abbastanza solida usando dei vecchi bidoni, delle taniche di plastica e un gran numero di canne di bambù. Ma pensare che quell'accozzaglia di rifiuti avrebbe resistito alla Corrente del Golfo era una pazzia.

Nessuno comunque disse niente: li osservammo in silenzio per mezz'ora, finché non montarono una rozza vela, fatta con un lenzuolo matrimoniale rosa, e poi sistemarono a bordo una grande tanica d'acqua e dei contenitori di latta. A quel punto spinsero la zattera in mare, tenendola dai lati come si fa con un gommone, e poi saltarono tutti a bordo. Il più piccolo manovrò con il remo che faceva da timone e presto, incredibilmente, la zattera prese il largo. Dopo pochi minuti era sparita, inghiottita dal buio.

«Io vado» disse allora Luis.

«Smettila di fare l'idiota» disse il Grosso. «Non puoi partire così.»

In effetti non aveva cibo, né acqua, né niente per ripararsi.

Luis fece cenno al Grosso di allungargli la sua birra e la scolò d'un fiato. Ci guardò uno per uno, solennemente, si girò verso il mare e poi, con la lentezza e la fermezza interiore di uno sciamano, scivolò lentamente nell'acqua, si acciambellò sopra la camera d'aria e cominciò a remare di schiena, con le mani, verso l'America.

Quello a cui avevamo assistito, lo scoprii molto tempo dopo, era un giorno storico per Cuba: la cosiddetta «Rivolta dei Balseros», che culminò in quel venerdì 5 agosto ma ebbe strascichi fino alla metà di settembre.

Il numero preciso di persone che quel giorno vennero massacrate di botte nessuno lo conosce. In seguito moltissimi partecipanti ai disordini furono imprigionati e condannati a pene durissime. Anche di questi nessuno conosce il numero esatto. I libri di storia invece danno una stima precisa di quanti partirono nelle settimane successive: si calcola che oltre trentacinquemila cubani lasciarono l'isola su imbarcazioni di fortuna – le *balsas* appunto, zattere galleggianti costruite con materiale vario, da cui derivò il nome *balseros* – e sfidarono il braccio di mare che separa Cuba dalla Florida. Molti, un altro numero che rimarrà sempre ignoto, morirono durante la traversata. I più fortunati furono tratti in salvo dalla guardia costiera americana, grazie alla legge di cui ci aveva parlato Luis, quella che accordava lo status di rifugiato politico a ogni cubano che approdasse illegalmente negli Stati Uniti. La cosa andò avanti fino a metà settembre quando Clinton, preoccupato dalle dimensioni che stava assumendo il fenomeno, annunciò che Washington non avrebbe più dato asilo ai profughi e le partenze dei *balseros* cessarono in un sol colpo.

Tutto questo non valse per Luis.

Le onde lo riportarono sulla spiaggia una decina di minuti dopo.

Alla mancanza di cibo e acqua, che si sarebbero fatte sentire entro poche ore, subentrò una mancanza più impellente: quella di un remo capace di governare la camera d'aria.

Avremmo voluto fargli grandi feste, ma sentivamo tutti che c'era qualcosa di strano e potente nell'aria. E la conferma fu nelle parole di Luis, quando arrivò a riva completamente bagnato e lasciò la camera d'aria lì. Ci fissò uno a uno, come aveva fatto pochi minuti prima, e poi disse: «Sono il figlio di un *santero*. Lui non voleva che andassi a Miami. Lui ha deciso di tenermi a Cuba.»

Poi alzò un poco il tono della voce e disse: «Stanotte pioverà.» E nel dirlo inclinò lievemente la testa verso il mare.

Arrivati a casa, affidammo Luis a Yanamaria, che non sembrava stupita di rivederlo così velocemente, e lo mettemmo a dormire dopo averlo asciugato in quattro, sfregandolo come si fa con un bambino.

Poi sprofondammo sul divano della veranda.

Il Grosso portò fuori la busta di plastica della marijuana – ce n'era ancora una quantità sufficiente per arrivare a Natale – poi tirò fuori dal frigo quattro o cinque birre e prese a bere e rollare.

Verso l'una svenne.

Io e Miranda lo trascinammo in camera e lo buttammo nel letto, poi ci sedemmo entrambi sul bordo a osservarlo. Dopo due minuti stava già russando.

Ci alzammo e tornammo in veranda.

Cominciò a piovere.

L'acqua scendeva giù tranquillamente, pazientemente, e al riparo della veranda si respirava un'atmosfera di distensione.

Miranda mi chiese di raccontarle per filo e per segno cosa era successo quel pomeriggio, e io lo feci, ma come se fossero avvenimenti lontanissimi, come se la mia memoria avesse improvvisamente riportato alla luce un ricordo sepolto da chissà quanto tempo, facendomi riconoscere qualcosa che non sapevo essere lì, qualcosa che avevo solo vagamente intravisto. Più andavo avanti a raccontare e più mi rendevo conto che non si trattava di una forma di cortesia verso di lei – all'inizio non volevo spaventarla troppo – ma di una forma di cortesia che la mia mente sembrava fare a me stesso, come se parlasse a una persona troppo scossa per essere in grado di rimettere nelle giuste proporzioni e nel giusto ordine quanto era accaduto. Alla fine mi sembrò che anche a lei qualcosa non tornasse, e infatti rimanemmo zitti per parecchi minuti.

Fu Miranda a rompere il silenzio. Mi accarezzò una guancia e mi chiese dov'ero in quel momento.

«A Cuba» risposi.

«E la tua testa dov'è?»

«Stavo ripensando a quella storia.»

«Quale?»

«Del motivo dei nomi Montecristo e Romeo Y Julieta, del tizio che legge i romanzi a quelli che lavorano, di tua madre che da quarant'anni arrotola foglie di tabacco in una fabbrica di sigari.»

Sorrise: «Con tutto quello che è successo oggi, stai pensando a mia madre?»

«Sì.»

«Mia madre è morta. Era insegnante di spagnolo. E scriveva poesie bellissime.»

«Mi avevi detto che faceva la sigaraia.»

«Era una storia.»

«Cosa significa che era una storia?»

«Alla gente piace sentire le storie. A me piace raccontarle. Funziona così, è una cosa semplice.»

«Ma non è così e—»

«Sai con quanti turisti sono andata negli ultimi due mesi?» m'interruppe.

La guardai.

«Rispondi» il tono era quello di un ordine, ma impartito con dolcezza. «Sai con quanti turisti sono andata negli ultimi due mesi?»

La testa mi girava. I Blas Roca, Luis che va in America, Alexandre Dumas. Mi venne in mente quello che avevano detto i tre toscani in discoteca. Cercai di tenermi basso: «Non saprei proprio. Cinque?»

Miranda si stirò leggermente: «Non lo so. Non li ho contati. Dodici, forse quindici.»

Rimasi in silenzio per un po'.

«Perché mi dici questo?»

«Perché se ti dico che sono innamorata, sembra assurdo. E allora voglio che suoni ancora più assurdo.»

Mi guardai le mani, poi la fissai negli occhi: «È una storia?»

Miranda abbassò lo sguardo: «Decidilo tu.»

Intanto continuava a piovere, una pioggerellina notturna quasi impercettibile, e sotto la veranda tutto sapeva di brace spenta e si coglievano ombre misteriose e non c'era più bisogno di parlare per udirsi. Poi venne fuori una luce iridescente e tornò la voce degli *orisha*, quella di *Eleggua*, che protegge i viaggiatori, che apre e chiude per dispetto le strade e gli incroci, e quando balla somiglia a un bambino insolente.

Quel sabato mattina tirammo svogliatamente fuori gli zaini ma più che riempirli li svuotammo, perché in pratica dividemmo tutti i nostri vestiti e li lasciammo a Luis e Yanamaria e Dulce e Miranda e alla fine regalammo loro anche tutte le medicine e i deodoranti, gli shampoo e i docciaschiuma – i liquidi, ricordai.

Luis si fece imprestare un cacciavite dal vicino e chiese le chiavi della macchina sostenendo di essere in grado di manomettere il contachilometri, permettendoci di risparmiare un bel po' di denaro al momento di restituire l'auto all'agenzia di noleggio, in aeroporto. L'idea ci piacque subito, ci sembrò molto italiana.

Luis impiegò almeno un'ora per smontare il cruscotto e alla fine andammo tutti e tre a verificare con curiosità come avrebbe fatto: a quel punto lui chiese a Yanamaria uno spillo e lo puntò sulla rotella del contachilometri facendogli semplicemente fare un giro. Quello spillo ci permise di eliminare mille chilometri dal totale di quelli segnati e ci fece risparmiare più di duecento dollari, cifra ben più alta di quanto avevamo speso per Luis e tutti gli altri in quei giorni, come notò poi all'autonoleggio il Grosso, felice dell'affare. Per rimontare il cruscotto in maniera perfetta, invece, furono necessarie due ore piene e l'energia di tutti quanti, perché tra le parti rimanevano sempre delle fessure spesse due dita. Ma ci immergemmo volentieri in quel lavoro, con dedizione, perché eravamo ancora così scossi dalla giornata precedente che la possibilità di concentrarci su qualcos'altro sembrava un regalo piovuto dal cielo.

In tarda mattinata venne il momento dei saluti.

Yanamaria fu molto formale, pensava già alle pulizie della casa per fare posto ai prossimi turisti.

Dulce invece sembrava davvero disperata: continuava a toccare le maniglie dell'auto e la portiera e gli specchietti, come a sincerarsi che tutto fosse ben saldo al suo posto, e in definitiva sembrava controllare con quale mezzo il suo universo franasse via.

Luis ci abbracciò con calore uno a uno e alla fine disse:

«Sono stato bene con voi. Credo perfino un po' negli europei, adesso.»

«Scommetto che lo dici a tutti» disse Max.

«*Vate a la mierda, amigo*» fu la risposta. Poi scoppiarono tutti e due a ridere e si abbracciarono ancora più forte.

Quando venne il turno di salutare Miranda avevo il batticuore.

Lei mi abbracciò fortissimo e disse: «Grazie. È stato così facile vivere, in questi giorni.»

«E ora come farai?»

Lei mi diede una carezza.

«Ti stai cacciando nel futuro, *amor*. Qui a Cuba non si fa.»

Poi chiusi quei giorni dentro una valigia invisibile, rimasi seduto a 11.000 metri da terra in mezzo a un miscuglio di connazionali abbronzati e appagati per poi scendere dall'aereo e ritrovarmi, tra tutti, quello più a casa.

Eppure una voce non smetteva di parlarmi. Una voce che diceva: non chiudere gli occhi. Se tu smetti di guardare, questo posto smette di esistere. Se tu smetti di guardare, tutta Cuba smette di esistere e qualcun altro, qualcuno che non è qui in questo momento, dovrà srotolarla da capo, dovrà darsi da fare al tuo posto, registrare, ricordare, raccontare.

Questa storia potrebbe finire come in certi film in cui, durante i titoli di coda, compaiono dei fermo immagine con i protagonisti e accanto compare una scritta che spiega che fine hanno fatto. E allora vi farei vedere una foto del Grosso e vi direi che suo padre non investì mai a Cuba, e probabilmente fece male ma tant'è; vi farei vedere Luis cristallizzato nell'istante in cui scende in mare come uno sciamano, spingendo nell'acqua una camera d'aria piena di toppe; e poi vi farei vedere Miranda nell'istante in cui la vidi per la prima volta, mentre balla con quel suo vestitino di cotone grigio da diva anni Venti; vi farei vedere Dulce scendere dalla sua casa a cubo con i bicchieri di vetro verdi e la brocca d'acqua, o forse sarebbe meglio farvela vedere sul divano della veranda, abbracciata a Max, perché stanno insieme da vent'anni, vivono in Italia e hanno tre figli, Dulce che mi ha raccontato mano a mano tutto quello che è successo negli anni successivi, perché ogni estate è sempre tornata a L'Avana, e perciò so da lei quali scritte dovrei mettere accanto a Luis e a Miranda. E cioè che l'estate successiva Luis è morto dissanguato da una coltellata, in spiaggia, dopo aver cercato di separare due tizi che litigavano e che nemmeno conosceva, mentre tre anni dopo Miranda si è sposata con un tedesco ed è andata a vivere a Berlino, e tutto è filato liscio finché una macchina l'ha travolta mentre era in bicicletta ed è rimasta paralizzata dalla vita in giù, ma sembra un finale così triste e indecifrabile come solo la realtà sa essere, e se scoprite qual è il senso di tutto, be', siete dei miracolati. Perciò preferisco finire con un'altra storia, una storia che può aiutare ad ampliare il senso di quella che ho appena raccontato, una storia che dice cose diverse da quelle che ho appena detto ma indispensabili alla loro comprensione, una storia che esprime lo spirito con cui erano partiti loro, i *barbudos*, lo spirito con cui era partita Cuba, e questa storia non deve suonare come un'apologia finale, ma come una parte fondamentale del quadro, come il primo strato di colore alla base di tutto l'affresco – perché dopo Robespierre c'è stato Napoleone, ma dopo Castro c'è stato ancora Castro, e il sogno infranto è stato doppio. Questa storia me la raccontò Luis un pomeriggio sul divano della veranda, e ha a che fare con quell'inizio di dicembre del 1956, quando Fidel sbarcò con ottantadue rivoluzionari a Playa Las Coloradas, sulla costa nord di Cuba. Qualcuno aveva fatto la spia perché l'esercito di Batista era lì ad attenderli e li costrinse a disperdersi e la maggior parte di loro – quasi tutti molto più giovani di me, Max e il Grosso – furono catturati e ammazzati sul posto dai soldati. Quelli che riuscirono a rompere l'accerchiamento furono pochissimi e raggiunsero un luogo che si chiamava Cinco Palmas. E così lì, a Cinco Palmas, c'erano questi dodici superstiti della carneficina – e tra loro i due fratelli Castro, Ernesto «Che» Guevara e Camilo Cienfuegos, nomi diventati leggenda – e avevano visto tutti i loro compagni morire ed erano braccati, sconfitti, abbattuti, senza speranza, e lì, a Cinco Palmas, la notte del 18 dicembre 1956, tra i fratelli Fidel e Raúl Castro avvenne un dialogo epico, un dialogo che contiene ogni insegnamento possibile, e il dialogo è questo:

Fidel: «E quanti siamo?»

Raúl: «E siamo rimasti dodici.»

Fidel: «E quanti fucili abbiamo?»

Raúl: «E ne abbiamo soltanto cinque.»

Fidel: «E quante pallottole abbiamo?»

Raúl: «E ne abbiamo soltanto venti.»

Fidel: «Bene. Ce la facciamo.»

E ce la fecero.

Baal

Il bar della piazza, come il resto del centro abitato, era sudicio e male in arnese. Sedevamo fuori, dove i proprietari avevano disposto un paio di ombrelloni e una mezza dozzina di tavoli di plastica bianca, sporchi come le sedie che li circondavano. Al tavolo accanto al nostro erano seduti un uomo e quattro donne, tutti ben oltre la sessantina. Non riuscivo a fare a meno di studiare le donne: indossavano gli abiti della domenica, lunghe gonne e giacche scure di un cotone così liso da afflosciarsi sui corpi. Ai piedi calzavano scarpe nere dall'aspetto morbido, molto simili a pantofole, e gambaletti rosa carne che con quel caldo dovevano essere una tortura. Portavano tutte un velo nero a coprire la testa, tranne una, che aveva il naso aquilino, i capelli grigi e corti come esplosi in testa. Fissava il suo bicchiere con un'espressione disperata, gli occhi spalancati, sembrava un vecchio uccello. L'uomo invece era completamente calvo e portava all'orecchio un auricolare viola, sembrava leggermente più giovane delle altre donne. Nessuno parlava.

Anche io e Fabricino non parlavamo. Bevevamo ciascuno dalla propria bottiglia di Moretti. Io fumavo Winston lentamente, il caldo mi faceva girare la testa e sentivo le gocce di sudore scivolare dalla fronte fino al collo per poi svanire, assorbite dal cotone della maglietta. Arrivò una

Bmw rossa fiammante, con i cerchi in lega. Ne scesero due donne, madre e figlia, sguardo maligno. Entrambe indossavano fuseaux e magliette troppo strette, che facevano risaltare i rotoli di ciccia sulla pancia e le cosce enormi. Si sedettero accanto a noi e ordinarono una bottiglia di vino bianco, trattando il padrone del bar come se fosse uno schiavo. Sembravano parenti di un boss. La figlia mi dava la schiena, quando si sedette la maglietta le salì lasciando scoperta una larga striscia di sedere, bianca e adiposa.

«Sia ben chiaro che non ti posso dare niente» disse Fabricino fissandomi.

Era un uomo tarchiato, sulla cinquantina, le mani tozze stringevano la bottiglia di birra vuota. Aveva il naso spesso come un bulbo e la faccia tonda e molliccia. Gli occhi però erano belli, azzurro grigi, contemporaneamente intensi e distantissimi.

«Ti darò da mangiare e da dormire» riprese. «Ma nient'altro. Quando ti stuferai te ne andrai.»

Mi limitai ad annuire.

«Siamo intesi?» chiese.

Allungò il braccio sopra il tavolo e gli strinsi la mano.

L'allevamento si trovava nel mezzo di una spianata. Intorno campi a perdita d'occhio, erba bruciata dal sole, mosche e afa. Dalla statale il pick-up di Fabricino imboccò uno sterrato polveroso, costeggiato da due fossati completamente secchi. L'aria era calda come quella di un deserto, ai margini della strada qualche papavero accendeva di rosso le erbacce, intorno solo sacchetti di plastica, lattine, pacchetti di sigarette schiacciati. Su un muro disfatto si leggeva una scritta recente, a spray rosso: ARRENDETEVI. Eppure, malgrado tutto trasmettesse un senso di desolazione, io sentii da subito che quello era il luogo ideale dove giocare al mio puzzle fatto di pezzi perduti, sparire finché le acque si fossero calmate. Alla fine dell'inverno sarei tornato in città:

anche se era distante meno di un'ora di treno sembrava di essere su un altro pianeta, altrettanto ostile ma disabitato.

La proprietà di Fabricino consisteva in un vecchio rustico di due piani, con il tetto in coppi che su un lato presentava un infossamento preoccupante. C'erano due porte di ingresso, una a destra e l'altra a sinistra e un piccolo balcone la cui ringhiera sembrava recente, di alluminio. Davanti alla casa si stendeva un enorme rettangolo di prato recintato che sul lato destro era chiuso da una casupola lunga e bassa, che poteva essere stata una porcilaia oppure un pollaio. A una delle estremità della casupola c'era un recinto nel recinto, al cui interno si agitava un pitbull enorme, color sigaro. Altri due pitbull stavano all'interno del recinto grande, distesi come sfingi, la lingua a penzoloni per il caldo. Quando scendemmo dal pick-up si alzarono di scatto e ci vennero incontro fino alla rete. Abbaiavano e io ero un po' spaventato – ancora non sapevo nulla di cani – ma sembravano felici di vederci. Fabricino infilò la destra in una finestrella tagliata nella rete e i pitbull si sollevarono sulle zampe posteriori per farsi accarezzare. Il cane nel recinto interno invece ringhiava, aveva fauci enormi ed era talmente grosso e muscoloso che sembrava di una razza diversa dagli altri, più perfetta e cattiva.

Seguii Fabricino lungo il perimetro della proprietà e ci ritrovammo dietro la porcilaia. C'erano altri sei recinti affiancati, lunghi e stretti, che per metà erano coperti dal tetto del fabbricato e per l'altra metà davano all'esterno. L'odore di cane era fortissimo, trattenni un conato. «Ti abituerai» disse Fabricino.

Superammo i primi due recinti, che erano vuoti, e in ciascuno degli altri quattro trovammo un pitbull che abbaiava festante. Avevo sempre pensato che fossero cani molto aggressivi perciò ero sorpreso dalla loro socievolezza.

Fabricino dispensò qualche carezza frettolosa e poi mi fece strada verso la casa. Diede quattro giri alla porta blindata di destra ed entrammo. C'era un odore nauseante, il pavimento era pieno di erba e terra e c'era polvere dappertutto.

«Tu starai su» disse.

Salimmo per le scale in pietra e ci affacciammo su un ambiente ancora più sporco di quello sottostante. Su una parete era appeso un calendario fermo al dicembre 2009.

Fabricino spalancò la porta del bagno, che era grande e pieno di polvere e ragnatele, poi mi mostrò la stanza di fronte: dentro c'erano solo un letto matrimoniale in legno, in condizioni discrete, e una portafinestra che dava sul balconcino. La spalancai e una ventata di caldo umido invase la stanza. Fabricino passò un dito sulla testiera del letto e mi mostrò il polpastrello grigio di polvere.

«Difettiamo di servitù» disse.

Sorrisi, non sapevo quanto tempo fosse passato dall'ultima volta che l'avevo fatto.

«Le regole sono semplici» disse. «Tu stai qua. Hai la tua camera e il tuo bagno. Sotto ci sono io e dove sto io tu non devi entrare. L'unico spazio dove puoi entrare è la cucina quando mangiamo. Sotto i lavandini c'è tutto quello che serve per pulire.»

«Va bene» dissi io posando lo zaino sul materasso.

Fabricino scosse la testa: «Io non sono un gran chiacchierone ma tu, ragazzo mio, tu sei davvero una specie di muto.»

Sorrisi ancora, imbarazzato.

«Grazie» dissi. «Non so come ringraziarti.»

Mi fissò: «Io lo so, invece. Comincia a darti da fare.»

Scesi in cucina e aprii l'anta sotto il lavandino. Presi degli stracci, alcol, sgrassatore. Sul flacone del detergente c'era scritto PER TUTTE LE SUPERFICI, lo afferrai e lo misi sottobraccio. Trovai anche una scopa e una paletta con il manico di legno. Salii al piano di sopra e mi misi a pulire tutto con cura, cominciando dal bagno. Mentre strofinavo via mesi, forse anni di abbandono, non smettevo di riflettere sulla nuova situazione in cui stavo infilandomi, ma alla fine, due ore dopo, ero talmente stanco e stremato dal caldo che non pensavo più a nulla, non ero triste né spaventato, mi rendevo conto che volevo vedere come sarebbero andate le cose, un'altra volta, e perciò non dovevo fare altro che aspettare. Un rivolo sottile ma tiepido mi confermò che la doccia funzionava ma, proprio nel momento in cui decisi di mettermi sotto, da basso arrivò l'urlo di Fabricino.

Scesi inspiegabilmente affannato, come se fossi in ritardo su qualcosa.

«Seguimi» disse.

Per prima cosa mi fece riempire due enormi innaffiatoi dalla fontana esterna. Poi si avvicinò alla cancellata del recinto principale, che era chiusa da un lucchetto grande come un pacchetto di sigarette. Armeggiò un po' e poi lo aprì con una chiave che teneva al collo, legata a una di quelle fettucce con il moschettone che si usano alle fiere o ai concerti.

«Entra, svelto» ordinò.

I due pitbull erano lì davanti a noi e abbaiavano ma io non volevo mostrare paura, entrai. Lui accostò il cancello alle mie spalle e rimase fuori. Quando me ne accorsi per un momento mi mancò il fiato. Misi i due innaffiatoi a proteggere le gambe, i cani mi saltellavano intorno, si alzavano sulle zampe posteriori e mi appoggiavano il muso e la lingua sui pantaloni e sulla maglietta, io mi immobilizzai. Fabricino scivolò dentro urlando i nomi dei cani – Sid! Ala! – che si ammansirono come in un gioco di prestigio. All'improvviso il pitbull enorme, quello che stava nel recinto interno, cominciò a ringhiare furiosamente. Spingeva il muso e i denti sulla rete e sembrava che potesse squarciarla con un morso. Fabricino non lo degnò di uno sguardo mentre a me si gelò il sangue nelle vene.

C'erano delle ciotole metalliche all'ombra, davanti alla

casupola, sembravano piccoli dischi volanti pronti a partire verso il cielo. Le riempimmo d'acqua, i due cani si misero a bere rumorosamente. Ero lì dentro da pochi minuti e non ne potevo già più.

Andammo sul retro della porcilaia ed eseguimmo la stessa operazione. Registrai i nomi degli altri cani. Tutti nomi di tre lettere.

«Come si chiama il pitbull grosso?» chiesi.

Fabricino stava finendo di svuotare il suo imbuto dentro l'ultima ciotola. Alzò le spalle: «Quello non è un pitbull. Quello è Baal.»

Più tardi, mentre cenavamo con mezzo chilo di spaghetti, Fabricino cominciò a parlarmi di Baal. Più che raccontare, mi mise in guardia.

«Tutti i miei cani hanno una linea di sangue eccellente ma non Baal. Lui è un incrocio tra un pitbull e un mastino napoletano, un bandog.»

Io fissavo la forchetta arrotolare gli spaghetti come se fosse guidata dalla mano di un estraneo.

«Vedi, i pitbull sono cani terribili tra loro e terribili nei confronti degli altri cani, non accettano sottomissione. Certo, devi tenerli lontani dai bambini, soprattutto da quelli più piccoli, quelli che ancora non puzzano di uomo. Ma è difficile che aggrediscano un uomo adulto: loro *vivono* in funzione dell'uomo.»

Aspettai che continuasse, ma non lo fece.

«Mentre Baal?» chiesi allora.

«È un assassino» disse con finta noncuranza, ma recitando male.

«Ragazzo» riprese pensieroso, «qualunque cosa tu abbia mai sentito sui cani per lui non funziona, dimenticala. Baal è un cane squilibrato. Ogni tot uomini cosiddetti normali c'è un pazzo omicida. Baal è la versione canina. Ho costruito il recinto interno lo scorso novembre: dovevo tenerlo completamente isolato dagli altri. Quando l'ho messo nel recinto grande con una femmina di pitbull l'ha uccisa subito, neanche il tempo di intervenire. Distruggeva tutto, spezzava catene...»

Lo fissai.

«È inflessibile con gli altri cani, come tutti i pitbull» continuò, «ma è anche inflessibile con l'uomo, come tutti i mastini. Perciò non ti devi mai avvicinare a lui. Se entri nel suo recinto ti sbrana. Se provi a dargli da mangiare ti sbrana. Quel cane rispetta solo me.»

«Perché non lo dai via?» chiesi pulendomi la bocca con il tovagliolo di carta, che era di una qualità così infima da essere quasi impalpabile.

Fabricino si limitò a scuotere la testa.

«Ucciderebbe chiunque» disse dopo un po', teatralmente.

Buttammo i piatti di plastica nell'immondizia e io lavai le pentole e le posate. Poi raggiunsi Fabricino all'esterno. Stava seduto a fumare su una sedia di vimini, non ne vidi altre in giro così tornai dentro e ne presi una dalla cucina. Tornai fuori e la sistemai a un metro dalla sua. Mi accesi una sigaretta. Il sole non era ancora tramontato ma la temperatura stava diventando più tollerabile. Il cielo, che per tutto il giorno aveva mantenuto il colore di un sorbetto, cominciava a screziarsi in toni che andavano dal perlaceo all'arancione. In lontananza svettava il campanile del paese, una gru, la casa più vicina doveva essere ad almeno un chilometro.

«Devi scongelare la carne per domani» disse a un certo punto Fabricino.

Non mi piaceva farmi trattare così a trent'anni, come un ragazzo di bottega, ma non avevo scelta. Qualcosa nella mia espressione tradì il pensiero, perché il tono di Fabricino si fece improvvisamente più dolce: «C'è un congelatore nello sgabuzzino della cucina. Prendi tre o quattro pezzi di carne, quelli grossi, e mettili in frigo: c'è un ripiano apposta, vuoto.»

Andai in cucina ed entrai nello sgabuzzino. Accesi la luce. Una lampadina fioca, appesa direttamente al filo, pendeva dal soffitto illuminando debolmente un corridoio in cemento. Alle pareti c'erano dozzine di chiodi arrugginiti a cui erano appesi attrezzi di ogni tipo: cesoie, pinze, seghetti. Sulla destra c'era un vecchio congelatore a pozzetto, identico a quelli per i gelati. Feci scorrere lentamente uno dei due sportelli. Uno sbuffo di condensa offuscò la vista. Misi una mano dentro il freddo e tirai fuori la prima cosa che capitò a tiro. All'inizio non capii: aveva una forma strana, sembrava un coniglio intero, congelato con tanto di pelo. Lo alzai verso la lampadina e rimasi a bocca aperta: era un cucciolo di pitbull. Dentro il congelatore ce n'erano altri quattro.

All'improvviso sentii tutto freddo, ero smarrito. Rimisi il cucciolo esattamente nella posizione in cui l'avevo trovato e respirai a fondo. Poi feci scorrere l'altro sportello: trovai la carne, avvolta in spesse buste di plastica sottovuoto. Presi quattro confezioni e le andai a riporre nel frigo della cucina. In effetti c'era un ripiano apposta, vuoto.

Nelle settimane successive non feci parola a Fabricino dei cuccioli congelati. Mi limitai a fare quello che mi diceva di fare. Lo accompagnavo all'hard discount a comprare carne fresca ed enormi sacchi di riso, insieme a crocchette e cibo in scatola in ogni variante disponibile. Caricavo tutto sul cassone del pick-up, sembrava di avere una scorta per mesi mentre tutto finiva nell'arco di una settimana. Tre volte al giorno riempivo le ciotole di acqua e due volte al giorno preparavo il cibo per i cani, pulivo via gli escrementi, controllavo che non avessero zecche e quando le trovavo le staccavo una per una, facendole ruotare delicatamente con un cotton fioc, poi le mettevo dentro un fazzolettino di carta, gli davo fuoco con l'accendino e ogni zecca faceva puff, come una piccola esplosione attutita.

Ogni giorno alternavo i pitbull nel recinto grande per un paio d'ore ciascuno, badando a non lasciare mai insieme due maschi. Con il passare del tempo i cani si erano abituati a me e, quando ne andavo a prendere uno dietro la porcilaia per portarlo a sgranchirsi nel recinto grande, mi accoglieva sempre festosamente appoggiandomi le zampe anteriori e il muso ovunque. Fabricino mi aveva insegnato ad ascoltare i cani – «Un cane ulula come richiamo, abbaia come conversazione, ringhia come avvertimento e guaisce come lamento» – e cominciavo a distinguere le loro voci.

La sera chiudevo i sei pitbull nei recinti singoli, dietro alla porcilaia, e a quel punto andavo a sedermi davanti alla casa e fumavo qualche sigaretta godendomi il fresco, a dispetto delle zanzare che non sparivano mai prima delle nove di sera.

A quell'ora Fabricino andava ad aprire a Baal liberandolo nel recinto grande, ormai sgombro. Era uno spettacolo affascinante e terrificante allo stesso tempo e quel bandog, più compatto e muscoloso di qualunque altro cane avessi mai visto, sprigionava un'energia sovrannaturale. Appena Fabricino gli lasciava campo libero, Baal scattava in una corsa indiavolata nella mia direzione, come se non avesse aspettato altro per tutto il giorno, e in una manciata di secondi raggiungeva la rete davanti a me, dove era costretto a bloccarsi. Allora mi fissava attraverso le maglie ringhiando, gli occhi piccoli e infossati, le enormi mascelle spalancate a scoprire le gengive rosso sangue e i denti bianchi e aguzzi, con quattro canini sporgenti come quelli di una tigre.

Stava lì finché Fabricino non lo richiamava. A quel punto correva di nuovo a perdifiato verso l'ex porcilaia e cominciava a ringhiare ai cani rinchiusi dentro, che rispondevano con dei lamenti fiochi, come se fossero ancor più spaventati di me.

Fabricino lasciava Baal libero nel recinto grande tutta

la notte, e lui la trascorreva scorrazzando convulsamente da un lato all'altro, pisciando ovunque per marcare il territorio e facendo il diavolo a quattro per fare capire a tutti chi comandava.

Io dormivo con la portafinestra aperta ma il caldo certe notti non dava tregua e spesso mi alzavo e andavo sul balconcino a fumare. Ogni volta che era successo, alla luce della luna o del lampione davanti a casa, avevo trovato ad accogliermi la stessa scena: Baal, che sembrava fissarmi dal limite del recinto.

Fabricino li presentò come «i gemelli» serbi ma a me non sembrarono affatto gemelli. Certo, si assomigliavano molto, ma era evidente che c'erano almeno un paio di anni di differenza. Il piccolo si chiamava Dejan, era alto all'incirca uno e ottantacinque e doveva pesare almeno cento chili. Il grande era più alto di cinque centimetri e i suoi bicipiti erano grossi quasi quanto le mie cosce. Si presentò come Slobodan ma sia Fabricino sia il fratello lo chiamavano Slobo. I due fratelli avevano lo stesso taglio di capelli da militare, quasi rasati a zero, e due facce anonime su cui brillavano gli occhi piccoli e taglienti, sempre in cerca di punti deboli. Il contorno del viso di Slobo ricalcava identico quello di Dejan, ma più largo di mezzo centimetro.

Anche loro allevavano cani, mi aveva spiegato Fabricino, e perciò ogni tanto facevano affari insieme.

In realtà venivano spesso a controllare Ala, una delle pitbull femmine di Fabricino, che era stata messa incinta da uno dei loro campioni con il patto reciproco che si sarebbero divisi la cucciolata. Ogni volta che arrivavano, Fabricino tirava fuori la cagna dal recinto e si mettevano a controllarla, la accarezzavano con abilità anche se lei era guardinga e nelle ultime settimane Fabricino mi aveva ordinato di tenerla isolata anche nelle sue ore al recinto grande. I due serbi erano entusiasti ma Fabricino sembrava sconsolato: «Finché non nascono non si può mai dire. La prima cucciolata di Ala è stata un disastro.» I due serbi facevano tutti i tipi di scongiuri possibili e poi se ne andavano.

Nel corso delle nostre cene, perché i pasti erano rapidissimi, Fabricino mi aveva spiegato che nelle cucciolate è normale perdere qualche cane: «Magari ne fa sette o otto e ne muoiono due o tre, ma se va male ne possono morire anche cinque, come è successo ad Ala.»

Era una delle tante cose che avevo imparato sui cani. Mi ero immerso così in profondità nei cani che la sera mi dimenticavo anche di chiamare in città, sentire se la situazione era cambiata, tanto che nel volgere dei giorni avevo smesso di portarmi dietro il cellulare e spesso lo lasciavo scarico, da qualche parte in camera da letto.

I mesi di esercizio mi avevano abituato a eseguire i miei compiti con velocità sempre maggiore e, nei lunghi intervalli di tempo libero che mi lasciava la cura dei pitbull, avevo preso a fare tutti i lavori possibili. Avevo convinto Fabricino a comprare dei barattoli di vernice e poi avevo smontato tutti gli scuri delle finestre, li avevo levigati uno a uno con la carta vetrata e avevo dato su tutti una mano di impregnante e due di flatting. Alla fine il legno luccicava come se fosse stato vetrificato e la facciata della casa dava la sensazione di essere meno fatiscente. Tagliavo l'erba del prato, pareggiavo le siepi, passavo il tempo a spazzare il selciato davanti alla casa con la cura di un soldato. Una volta tirate a lucido tutte le stanze interne, compresa la cucina, avevo imbiancato la facciata. Ero magro, agile, muscoloso e abbronzato. Non bevevo nulla se non un paio di birre il venerdì sera, quando Fabricino mi portava in paese e mangiavamo una margherita insieme nel bar della piazza, senza che mai lui rivolgesse la parola a nessuno e senza che mai nessuno gli rivolgesse la parola. La sera crollavo nel letto stremato dalla fatica e dal caldo e nelle poche pause in cui lasciavo libera la mia testa di pensare mi dicevo che ero finito in un limbo, una specie di dimensione parallela dove c'erano solo Fabricino e i cani. E io dentro quel limbo cercavo di scomparire, di far passare la solitudine e la tristezza dimenticando tutto, consapevole che l'unico presente possibile ormai fosse quello.

«Certo che sei strano» mi disse una sera Fabricino a cena. «Non c'è mai nessuno che ti venga a trovare, nessuno che telefoni. Non hai degli amici, una ragazza?»

Io fissavo il piatto.

«Quando tuo zio mi ha chiesto se avevo un posto per te pensavo a un altro tipo di ragazzo.»

«Che tipo?» risposi alzando lo sguardo.

La domanda lo spiazzò. Si esaminò lentamente le unghie, che erano spesse come valve di conchiglie, e alla fine si mise a scuotere la testa: «Non lo so. Uno... uno normale.»

Ci fissammo per un po', continuavo a stare rinchiuso nel silenzio, mi sembrava di stare bene dentro il silenzio, mi stavo abituando.

«Conoscevo i tuoi, sai» disse alzandosi.

Uscì e andò a sedersi sulla solita sedia di vimini.

Lo raggiunsi e mi piantai di fronte a lui.

«Vuoi sapere la mia storia, perché sono qui?» chiesi.

Fabricino mi fissò per un po' e alla fine scosse la testa. «No» disse.

Io lavai le stoviglie e mi ritirai in camera. Accesi il cellulare, non c'era neanche una chiamata, come a ribadire che aveva ragione Fabricino, che ero solo al mondo. Ma io sapevo che non era così. Con il passare delle settimane, mi ero reso conto che la tristezza stava perdendo i suoi contorni, si stava sfilacciando. La solitudine era così perfetta che aveva smesso di tendere al massimo i miei nervi e ora li rilassava. Sudare tutto il giorno mi faceva bene e avevo la sensazione che in tutta quella solitudine ci fosse qualcosa di nobile, una strada obbligata, una sorta di purificazione per quello che ero stato. Avevo smesso di vivere con quella sensazione di paura perenne, quell'ansia che mi era stata alle calcagna per anni e contro cui avevo fatto disperati tentativi di fuga, uno più inutile dell'altro. Ormai sapevo: non c'erano mete, né prima né adesso.

Pulendo lo scantinato avevo trovato due casse di libri, tra cui decine di gialli di Agatha Christie, e la sera avevo preso l'abitudine di addormentarmi leggendo. Anche quello era un modo per restare sospeso, non pensare a nulla, come un eremita che sta cercando di distanziarsi il più possibile dalla realtà e perciò concentra la sua vita in compiti piccoli, ma dotati di una singolare magia: la capacità di isolare chi li compie dal resto del mondo.

C'era solo un momento, un momento brevissimo tra la veglia e il sonno, in cui nella mia mente affioravano i bordi di quello che avevo fatto, i visi delle persone che avevo imbrogliato e che probabilmente mi stavano cercando dappertutto. Non mi avrebbero mai trovato lì, di questo ero sicuro, e presto avrebbero perso le speranze e mollato la presa. Quanto a me, ormai sembravo nato per stare solo e avere pazienza.

Alla fine dell'estate Ala partorì una cucciolata: erano otto e solo uno nacque morto. Gli altri erano stupendi: piccoli, massicci e morbidi allo stesso tempo. Io volevo farmi in quattro per starle vicino e aiutarla ma Fabricino disse di lasciarla in pace, sostenendo che sapeva benissimo cosa fare da sola.

La sera successiva, a cena, trovai i quattro cuccioli ghiacciati deposti sul piano d'acciaio del lavandino. Fabricino li stava facendo scongelare. Non mi andava di fare domande, anche perché stavo iniziando a intuire quello che aveva in mente, e così giocammo un po' a carte e poi io andai a leggere a letto.

Il mattino dopo Fabricino entrò nel box di Ala e mise i

quattro cuccioli più belli in una scatola di cartone, poi la nascose nello sgabuzzino. Al loro posto depose nel giaciglio i cuccioli morti, ormai scongelati. Ala, per quanto intontita dalla stanchezza dell'allattamento, non li voleva vicino, scalciava per tenerli lontani da sé e dai cuccioli sani.

I «gemelli» arrivarono meno di tre ore dopo la telefonata di Fabricino, a bordo di una vecchia Mercedes. Scesero dall'auto ed erano entrambi entusiasti e felici, sembrava che la sera prima avessero vinto qualche scommessa, trasudavano soddisfazione.

Mentre aprivo il cancello Dejan, il più piccolo, notò il tatuaggio che avevo sull'avambraccio sinistro e mi bloccò il polso con una stretta possente.

«Io so dove fanno tatuaggi così» disse. «Io so dove sei stato.»

Era un tatuaggio rozzo, dai contorni spessi e informi, un tatuaggio fatto a mano con due aghi appaiati, avvolti in una bobina di cotone e immersi ripetutamente nel refill di una Bic. Era così che ci si tatuava in carcere. Non era là che l'avevo fatto ma glielo lasciai credere: annuii come se condividessimo un segreto. Lui mollò il mio polso, non riusciva a levarsi dalla faccia un sorriso di superiorità e soddisfazione.

Quel sorriso si spense poco dopo, davanti al giaciglio della cagna. I due fratelli discutevano in serbo, tastavano i cuccioli morti, li accarezzavano, erano increduli. Per molti minuti nessuno disse nulla, io e Fabricino stavamo in un angolo, immobili.

«Sai la storia di re Salomone?» chiese a un certo punto Dejan.

Fabricino lo guardò diffidente.

«Allora noi abbiamo un patto» riprese il serbo. «Io ti ho dato il mio cane migliore e tu la tua cagna migliore. Il patto è quello solito: se nascono fino a cinque cuccioli io scelgo il primo, tu tieni altri. Se sono più di cinque io tengo due cuccioli, prima scelta e terza scelta. Ma qui i rimasti sono tre. Come dividiamo, signor Fabrizio? Io penso a dividere come Salomone, con la spada.»

Fabricino non fece una piega. «Non ha senso. Voi tenete due cuccioli, io quello che rimane» disse.

I due giganti lo fissarono.

«La prossima volta però avrete un cucciolo in meno» disse Fabricino.

I due erano in ginocchio vicino ai cani morti. Si alzarono e si avvicinarono a Fabricino dandogli grandi pacche di approvazione e strette di mano.

«Questa è scelta che ci piace» disse Slobo. «Scegli tuo cucciolo» lo invitò.

Fabricino finse indecisione ma poi scelse quello che sembrava più bello e forte e lasciò i due più gracili ai serbi. Si misero d'accordo: Fabricino si impegnava ad allevare i cuccioli almeno fino allo svezzamento, mentre i serbi ogni tanto sarebbero passati a vedere come crescevano. Dejan e Slobo gli strinsero di nuovo le mani e diedero grandi pacche sulle spalle, anche a me, poi dissero che dovevano andare. Quando fummo tutti e quattro di nuovo davanti alla casa, Baal cominciò a ringhiare ancor più rabbiosamente del solito dal suo recinto. Slobo alzò il medio e fece delle smorfie di scherno mentre Dejan rimase a osservare il cane con attenzione. Poi salirono in macchina.

Quella sera Fabricino mi raccontò che nella vecchia Jugoslavia i combattimenti tra cani erano permessi e molto seguiti.

«A Belgrado esistevano un mucchio di arene e qualche volta facevano combattere i pitbull perfino allo stadio» disse. «A un certo punto hanno vietato tutto ma le cose non sono cambiate.»

«Quando è stato?»

«Nel '95.»

«Alla fine della guerra?»

Alzò lo sguardo, meravigliato.

«Non sai di Sarajevo? Di Srebrenica?» domandai.

«Sono fatti loro» tagliò corto.

Tornò a parlare di combattimenti di cani, ma ormai avevo capito: tutti quei discorsi erano soltanto un diversivo per non parlare di quello che aveva fatto lui, di come aveva imbrogliato Dejan e Slobo. Fabricino liquidò il mio disappunto con un'alzata di spalle. «La terra è un ambiente ostile» disse. «Infatti nessuno ne esce vivo.»

Qualche settimana dopo i serbi vennero a prendere i due cuccioli pattuiti: malgrado fossero stati svezzati alla perfezione rimanevano gracili e bruttini rispetto ai cinque fratelli che Fabricino si era tenuto. Li aveva venduti qualche giorno prima a un commerciante, intascando tremilacinquecento euro.

Arrivò l'autunno, le giornate cominciavano ad accorciarsi, l'aria era fresca, io avevo letto tutti i gialli possibili e Poirot era diventata la persona con cui scambiavo più pensieri. In uno dei libri avevo trovato un dialogo che mi aveva molto colpito: «Lei soffre di solitudine?» chiedeva un personaggio a un altro. E quello rispondeva: «No, io godo di solitudine.» Era quello che stava succedendo a me. Se nei primi tempi stare nascosto in quel luogo dimenticato mi pesava come la peggiore delle condanne, ora invece avevo imparato non soltanto ad apprezzare l'isolamento, ma cominciavo a considerare la solitudine come uno dei modi più efficaci per affrontare la vita con pienezza. Mi ero reso conto di aver attraversato una soglia: ero passato da uno stato di afflizione a uno favorevole alla concentrazione, alla lucidità, alla penetrazione del mio io più profondo.

Ero sempre più felice di non avere rapporti con nessuno all'infuori dei cani e di Fabricino, con cui mi limitavo a scambiare poche parole a cena e giocare a carte. E se era vero che probabilmente non mancavo a nessuno, era ancora più vero che nessuno mi mancava: su questa convinzione fondavo le mie giornate, faticose ma sempre più serene. Il mio cellulare era scarico da settimane e mi preparavo ad affrontare l'inverno nell'allevamento con una sensazione di distensione e distacco dal mondo che non avrei mai immaginato di poter possedere.

Ormai ero diventato rapidissimo a sbrigare tutte le faccende e non c'era più niente da aggiustare e tinteggiare, così nel tempo libero avevo preso a camminare nei dintorni, attraversando campi e boschi in compagnia di Sid, il mio pitbull preferito, e sempre più spesso mi spingevo fino al paese. Dopo l'affare dei cuccioli Fabricino mi aveva premiato con duecento euro, e li avevo aggiunti ai risparmi con cui ero arrivato lì. Spendevo il minimo indispensabile, ero passato dalle Winston al tabacco in busta, e il mio unico altro lusso consisteva nel concedermi di tanto in tanto una Moretti al bar della piazza, dove la pagavo al prezzo del supermercato.

Stavo lì seduto a bere per una mezz'ora e poi camminavo indietro fino all'allevamento, una passeggiata di quasi quaranta minuti. Non ero un tipo espansivo e nessuno provava mai ad attaccare discorso, solo qualche vecchio del paese, ogni tanto, frasi di circostanza sulla bellezza del cane a cui io rispondevo con eguali dosi di gentilezza e laconicità.

In una di queste occasioni conobbi Maria. Era una ragazza sui venticinque, magrissima, con la faccia rossa e gli occhi blu. Fu lei a presentarsi mentre sedeva al tavolo accanto al mio scorrendo il cellulare. Venne fuori che era la figlia del proprietario dell'edicola sulla piazza: si svegliava all'alba e stava là dentro fino a mezzogiorno, per il resto della giornata erano i suoi a presidiare l'edicola. Nel pomeriggio e di sera perciò era libera e certi giorni andava in città a studiare estetica, oppure bighellonava al bar. Non era una ragazza bella, né simpatica né intelligente. Ma era sola, come me, e ci riconoscemmo subito.

Parlammo a lungo ma a un certo punto, quando le dissi che lavoravo all'allevamento di Fabricino, lei raccolse tutte le sue cose, la borsa, il cellulare, e si alzò salutandomi frettolosamente.

I serbi si fecero vivi una mattina prestissimo, dovevano essere le sette e mezzo. Io ero sul prato quando vidi il muso della Mercedes fermarsi davanti al cancello e sentii una serie di colpi di clacson.

Andai ad aprire con un certo imbarazzo – con loro mi sentivo sempre come uno che si doveva scusare – ma non erano lì per la truffa, d'altronde come avrebbero potuto mai accorgersene? Erano lì per Baal.

Chiesero di Fabricino ma era presto. Da quando ero io a fare tutto il lavoro, lui aveva preso l'abitudine di svegliarsi tardi, anche alle dieci, dopo aver guardato i canali sportivi della televisione fino alle due o alle tre di notte. Spiegai loro come stavano le cose e li invitai a tornare più tardi, ma non ci fu verso. I due serbi si sedettero in auto ad aspettare che Fabricino si svegliasse.

Fumavano con i finestrini aperti, malgrado fosse una mattina fredda, mentre l'autoradio trasmetteva una musica insopportabile: canzoni folk balcaniche.

Quando Fabricino uscì di casa balzarono giù dalla macchina, grossi e muscolosi come cavalli da tiro, e gli diedero grandi pacche sulle spalle e strette di mano e lui invitò tutti quanti dentro e mi chiese di mettere su il caffè.

Si sedettero intorno alla tavola dove mangiavamo ogni sera. A un certo punto Dejan fece un gesto al fratello maggiore e quello aprì il giubbotto e da una tasca interna tirò fuori una mazzetta di banconote da cinquanta euro, tutte spiegazzate. Le poggiò sul tavolo e le spinse con la mano di taglio davanti a Fabricino.

«Cos'è?» disse Fabricino.

«Compriamo Baal» disse Dejan.

Fabricino scosse la testa. Prese in mano la mazzetta e cominciò a contare le banconote, ma senza convinzione, tanto che a metà le ributtò sul tavolo.

«Quant'è?» chiese.

«Quattromila» disse Slobo.

Fabricino scosse la testa di nuovo.

«Cosa volete farne?»

Slobo stava per rispondere ma Dejan lo fermò con un gesto, poi strizzò gli occhi in un'espressione che cercava di essere accattivante: «Baal è nato per combattere. Noi portiamo lui a combattere. E scommettiamo.»

Fabricino si alzò di scatto. «Bevete il caffè e poi andatevene» disse, e lasciò la stanza.

I due serbi irrigidirono di colpo le braccia e strinsero i pugni, in un gesto identico, da gemelli. Poi si rilassarono e rimasero lì per un po'. Sorseggiavano i loro caffè e mi guardavano. Dejan indicò al fratello il tatuaggio sul mio avambraccio: «Lui è stato dove noi stati, chissà chi è più cattivo?» E scoppiò a ridere.

Alla fine raccolsero i soldi, mi salutarono con affettazione, le solite strette di mano multiple e le solite pacche sulle spalle, e se ne andarono. Al cancello Dejan si voltò: «Vogliamo il cane. Convinci tu signor Fabrizio. Soldi per tutti.» Poi salirono in auto e sparirono sullo sterrato.

Io trovai Fabricino nel recinto interno. Si era fatto la barba, le guance sembravano più cadenti e cerose, e giocava con Baal, gli dava ordini, lo accarezzava. Si vedeva che quel cane terrificante, oltre a rispettarlo, gli voleva bene.

Questa è una cosa che non ho mai capito, malgrado tutti i mesi che ho passato all'allevamento: sul perché i cani amino gli uomini, proprio gli uomini, il mistero rimane.

«Perché non lo vendi?» urlai da dietro la rete metallica.

Fabricino si voltò a guardarmi ma non rispose.

«Quattromila euro per un solo cane» continuai. «Io lo venderei subito.»

Fabricino si piegò a prendere qualcosa nell'erba. Me lo tirò addosso con precisione incredibile, se non ci fosse stata la recinzione l'avrei preso direttamente in faccia. Un osso.

Un venerdì sera al tramonto stavamo seduti al bar della piazza a mangiare le solite due margherite quando accadde una cosa insolita: qualcuno rivolse la parola a Fabricino.

Il sole nel cielo era rosso come sangue fresco quando arrivò un vecchio che, notando Fabricino, senza dire una parola prese una sedia, la accostò al nostro tavolo e si sedette. Indossava un abito elegante, aveva occhi acquosi e la pelle del naso, sottile e adunco, era così tesa da sbiancarsi sul dorso.

«Buonasera, professore» lo salutò Fabricino senza cordialità.

«Buonasera a lei, Fabrizio» rispose l'altro. Poi si presentò a me e ci stringemmo la mano.

La cameriera, in genere lentissima, si precipitò dal professore a prendere la sua ordinazione, un caffè corretto sambuca.

Il vecchio tirò fuori dalla tasca un mezzo toscano, mise le mani a coppa intorno a un fiammifero e l'accese tirando grandi boccate.

«Ormai siamo a sei mesi» disse.

Fabricino fece un'espressione più di disprezzo che d'imbarazzo e rispose: «Ve li darò tutti insieme, professore, non temete.»

Arrivò il caffè con la sambuca. Il vecchio lo mandò giù in tre sorsi consecutivi, poi riprese a fumare.

«Quando?» disse alzandosi e accostando lo schienale della sedia al tavolo.

«Entro la fine del mese» rispose Fabricino.

In quel momento Maria passò radente al nostro tavolo. Mi voltai a guardarla ma non mi salutò.

«Chi era quell'uomo?» chiesi più tardi a Fabricino.

Rispose che si trattava del proprietario della casa, cui doveva sei mesi di affitto arretrato. Non feci altre domande. Adoravo quel silenzio.

Quando tornammo all'allevamento ci rendemmo conto che c'era qualcosa di strano. Baal, che in genere ci accoglieva abbaiando rabbiosamente, stava immobile davanti al cancello della recinzione. I fari del pick-up lo illuminarono: alle sue spalle, in mezzo al prato, c'era un'enorme macchia bianca. Non capivamo cosa fosse, sembrava un grosso cuscino di lana sventrato.

Scendemmo concitati e Fabricino controllò il lucchetto, che era ben saldo al suo posto. Entrò in casa a prendere le chiavi. Io rimasi a osservare il terreno davanti alla recinzione: le luci dei fari evidenziavano le impronte di decine di scarpe, e quelle che sembravano tracce di cingoli. Non riuscivo a capire cosa fosse successo. L'aria era gelida e pungente.

Fabricino tornò con le chiavi e una torcia nera, più lunga del suo avambraccio. Aprì ed entrò dentro da solo, poi condusse nel recinto interno Baal, che era insolitamente docile. Io, come facevo sempre, mi tenni alla larga ed entrai solo quando il cane fu rinchiuso. A quel punto Fabricino accese la torcia e si diresse verso la macchia bianca in mezzo al prato, dove io lo raggiunsi. Rimanemmo senza parole.

In mezzo a una pozza di sangue c'era un pastore maremmano enorme, quasi il doppio di Baal. Malgrado le dimensioni, il bandog lo aveva abbattuto senza difficoltà.

Trattenni un conato di vomito. Fabricino mi tirò via e allora gli indicai le impronte davanti alla cancellata. Lui le illuminò con la torcia poi mi disse di parcheggiare il furgone.

Mentre eseguivo il compito Fabricino richiuse il lucchetto ed entrò in casa.

Lo trovai al tavolo della cucina, aveva tirato fuori una bottiglia di grappa e due bicchieri. Mi sedetti di fronte a lui, riempimmo i bicchieri e cominciammo a bere, in silenzio.

«Non riesco proprio a capire» dissi a un certo punto.

Fabricino riempì di nuovo i bicchieri, prese un lungo sorso e poi allargò le braccia: «Scommesse.»

Continuavo a non capire.

«Sanno che ogni venerdì sera lasciamo l'allevamento incustodito. Ci controllano. Così sono venuti qui con il maremmano e hanno scommesso.»

«Ma chi?»

Fabricino alzò le spalle.

«E come hanno fatto a far entrare il maremmano nel recinto?» continuai. «Il lucchetto era a posto, no? Perché non l'hanno tagliato?»

Fabricino fece un gesto con la mano come se scacciasse una mosca: «Se lo tagliavano Baal li sbranava. Troppo pericoloso, non potevano.»

«E quindi? Hanno tagliato la recinzione in qualche punto?»

Fabricino scosse la testa: «Impossibile, per lo stesso motivo. Il tempo di fare un buco e Baal sarebbe uscito e auguri a tutti.»

Mi rigirai il bicchiere vuoto tra le mani: «E quindi come hanno fatto?»

«Hai visto i cingoli?» chiese Fabricino.

«Sì.»

Accese una sigaretta, era la prima volta che lo vedevo fumare in casa. «Immagino che siano arrivati con una di quelle gru minuscole» proseguì, «quelle da cantiere stradale. Hanno imbragato il cane e l'hanno calato oltre la recinzione. Poi è iniziato lo spettacolo.»

«Sembra complicato.»

«Evidentemente ne valeva la pena» disse puntandomi addosso i suoi occhi, più brillanti del solito.

«Erano in tanti. E hanno scommesso» dissi io grattandomi la testa.

«Esatto» confermò lui.

Prima di andare a letto facemmo ancora un giro fuori. Controllammo la rete: nessuno l'aveva toccata. Poi tornammo a illuminare le tracce dei cingoli. Tutto sembrava avvalorare l'ipotesi di Fabricino.

«Secondo te chi è stato?» chiesi mentre rientravamo in casa.

«Ti facevo più intelligente» disse.

Da quel giorno non lasciammo più incustoditi i cani. Quando occorreva fare la spesa andava solo uno dei due, e questo valeva per qualunque commissione o incombenza. Ovviamente il nostro piccolo rito della pizza del venerdì venne abbandonato.

La vita all'allevamento riprese come prima, con la differenza che l'aria fredda dell'inverno rendeva più duri tutti i lavori, che perciò limitavamo al minimo indispensabile. Il tempo in cui ero inattivo si era dilatato e lo passavo in camera a leggere, tanto che ben presto finii tutti i libri contenuti negli scatoloni. Così fui costretto a passare a quelli che avevo messo da parte, una serie di noiosi manuali sulle erbe alpine e poi un manuale sulla meditazione, che iniziai con circospezione ma poi divorai.

Cominciai a praticare. La sera sedevo a gambe incrociate, con la schiena ben dritta contro la testiera del letto, chiudevo gli occhi e respiravo nei modi che avevo imparato. All'inizio non succedeva molto, in genere mi addormentavo. Ma ben presto, attraverso l'esercizio, tutto cambiò. Delle volte sedevo sul letto e all'improvviso avevo la sensazione di stare su un ascensore al quale avessero tagliato i cavi, cadevo in uno stato di pura beatitudine. Avevo fatto mia una frase del libro: «Le idee sono come pesci. Se vuoi prendere un pesce piccolo, puoi restare nell'acqua bassa. Ma se invece vuoi prendere un pesce grosso, allora devi scendere nelle acque più profonde.»

Non passò molto tempo e i serbi si rifecero vivi.

Era una mattina più fredda del solito e una vaga nebbiolina rendeva ogni cosa eterea, sfumando contorni e distanze. Il sole si nascondeva dietro la cappa grigia del cielo come una saponetta a mollo in una bacinella di acqua sporca. Io stavo fumando sul balcone quando vidi arrivare la Mercedes: sulla fiancata destra presentava un'ammaccatura larga almeno un metro, che non avevo notato le volte precedenti. Scesi le scale di corsa e andai ad accoglierli, Fabricino stava ancora dormendo.

I due fratelli scesero dall'auto e mi sottoposero al solito rito di strette di mano e pacche sulle spalle: se uno avesse visto la scena dall'esterno avrebbe pensato che fossero stati davvero contenti di vedermi. Gli dissi che Fabricino stava dormendo, come al solito, perciò il mio consiglio era di tornare dopo un paio di ore. Partì la solita sceneggiata: i due si chiusero in macchina, tenendo il motore e il riscaldamento accesi, ad ascoltare musica balcanica. Ma Fabricino in quel periodo aveva il sonno leggerissimo e così, passati pochi minuti, spuntò dalla porta, intabarrato come un eschimese, e invitò tutti quanti dentro.

Era una scena già vista: io preparavo il caffè, i serbi si perdevano in cerimonie e Fabricino li faceva accomodare al tavolo.

Dopo il caffè Dejan tirò fuori dalla tasca una mazzetta di banconote molto più consistente di quella della volta precedente. La posò sul tavolo davanti a Fabricino, non c'era bisogno di spiegare cosa volessero.

«Quanti sono?» chiese Fabricino.

«Ottomila» disse Slobo.

Fabricino si grattò un po' la testa. Non me lo sarei mai immaginato, ma sembrava indeciso. Poi, come se combattesse una battaglia contro se stesso, disse: «Baal non è in vendita. Ve l'ho già detto.»

I due fratelli si scambiarono un sorriso complice. A quel punto Dejan tirò fuori dalle tasche un foglio piegato in quattro: lo spiegò sul tavolo e lo porse a Fabricino. Era scritto a mano, con in calce una data e una firma.

«Il professore ci ha venduto il tuo debito» disse Dejan tutto soddisfatto. Poi strinse più volte la mano al fratello e si diedero alcune pacche sulla schiena. Il colore del volto di Fabricino era livido ma l'espressione indecifrabile. Le banconote erano rimaste al centro del tavolo, come un mazzo di carte pronto per il gioco.

Fabricino fissò Dejan. Per un istante fu come se i suoi occhi oltrepassassero quelli del serbo, poi tornarono a posarsi su di essi. Solo dopo qualche secondo Fabricino li abbassò sul foglio e lesse.

A quel punto fece qualcosa che nessuno di noi tre si sarebbe mai aspettato: tirò fuori dalla tasca interna un grosso portafogli di pelle consunta che non avevo mai visto prima. Aprì la cerniera e tirò fuori una mazzetta di banconote da cinquanta euro. Le contò una prima volta nelle sue mani, lentamente, poi le mise sul tavolo, accanto alle altre, e le ricontò davanti ai serbi.

Scrisse sul foglio PAGATO, poi porse la penna a Dejan per controfirmare e lui, malgrado il disappunto, non poté rifiutare.

A quel punto Fabricino si alzò in piedi e, congedandoli, disse: «Baal non è in vendita. Ve l'ho già detto.»

A dicembre le mie incombenze erano diventate minime. Alla cura dei cani dedicavo al massimo un paio d'ore complessive nell'arco dell'intera giornata, ed era un tempo straordinario. Mi ero affezionato a tutti quei pitbull e Sid era in assoluto il mio preferito. Lo portavo in giro a passeggiare e avevo perfino chiesto a Fabricino se quel cane poteva dormire nella mia stanza, richiesta a cui lui aveva opposto un fermo no, spiegandomi come io non mi dovessi assolutamente affezionare, mentre io ero già andato ben oltre l'affetto. Camminavo per i campi e per i boschi con Sid al fianco, e lo sentivo vicino, parlava un linguaggio di occhiate, senza filtri, profondissimo. Era come se quel cane avesse aperto in me un canale primordiale, fatto di giochi e carezze e comprensione, qualcosa che mi ricordava costantemente che nella vita di un essere umano esiste anche l'amore, e non è detto che debba essere per un suo simile. Sid era speciale nel suo attaccamento, nella sua simpatia, nella sua devozione, tanto che una volta, mischiando una lettura a una riflessione notturna avevo pensato che sì, il paradiso avrebbe anche potuto esistere, ma era un posto dove meritavano di finire i cani, non gli uomini.

In casa, intanto, non era rimasto niente da fare: nelle ultime settimane avevo dato il bianco a tutte le stanze, messo a posto i battiscopa di legno, lavato a fondo bagni e cucina, oliato le cerniere delle porte e fatto qualsiasi altro miglioramento mi fosse venuto in mente di fare. Ero salito più volte a ispezionare il tetto e, preso atto che non possedevo competenze sufficienti per rimetterlo in sesto, mi ero limitato a rinforzare le travi del solaio, inchiodando assi e cunei nei punti che mi sembravano più a rischio. L'avvallamento di coppi su un lato del tetto era rimasto tale e quale, ma avevo fatto in modo che l'acqua scolasse con ordine verso la grondaia impedendo perdite e allagamenti. Non capivo mai se Fabricino fosse contento di questa mia incessante attività: se lo era, di certo, lo nascondeva bene.

Di sera, nell'impossibilità di tenere Sid vicino a me, continuavo a meditare. Non soltanto avevo cancellato ogni sensazione di malinconia, ma riuscivo a immergermi completamente in me stesso, sperimentando degli stati straordinari, dove la mia coscienza sembrava al contempo addormentata e dilatata, mentre da qualche parte di me affiorava una sensazione di felicità che era impossibile non solo condividere, ma neppure descrivere. Delle volte immaginavo il mio corpo come lo stoppino di una candela e la mia mente come una fiamma che inondava di luce la stanza: mi vedevo fluttuare a gambe incrociate nel cielo, salire verso la stratosfera con lenti movimenti a spirale, mentre la casa rimaneva laggiù, solo linee fosforescenti, lontane, finché spariva del tutto. Avevo letto e studiato così a fondo il manuale di meditazione che avrei potuto insegnarla a qualcuno: più di una volta provai a parlarne con Fabricino, ma il suo disinteresse era talmente netto che non riuscii mai ad andare oltre qualche parola.

Ogni mattina tagliavo la legna per le tre stufe della casa, che alimentavamo con continuità solo per poche ore al giorno, la mattina e la sera. Per il resto, tranne nei giorni in cui Fabricino mi mandava a fare la spesa con il pick-up, avevo un'infinità di tempo libero, che impiegavo leggendo oppure andando in giro con Sid o facendo esercizi di ginnastica, addominali, flessioni. Più passavano i giorni e più ero soddisfatto di me stesso: mi sentivo in perfetta forma fisica ma soprattutto mi sentivo in uno stato mentale mai provato. Non soffrivo più la solitudine, non mi facevo domande sul futuro, ero completamente sereno e in armonia con il modo in cui stavano andando le cose. Ero soddisfatto perché pochi mesi prima, appena arrivato all'allevamento, ero caduto in una tristezza profonda ed ero pauroso e insicuro di ogni cosa, mentre adesso tutto era cambiato: ed ero stato io a cambiarlo, avevo fatto da solo, con mie risorse interne, risorse che nemmeno immaginavo di possedere. Mi sentivo pronto a tornare in città e affrontare quello che mi aspettava senza alcuna paura, ma nel contempo desideravo rimanere lì, perché percepivo in quel luogo un'aura magica, che per me si era trasformata in una sorta di potenza benefica. Vivere a contatto dei cani e della natura, camminare in mezzo ai boschi, respirare quell'aria così pulita e diversa da quella della città: sentivo che ognuna di queste cose sarebbe dovuta spettare per legge a ogni essere umano sulla terra, e che nessuno poteva perdersi una sensazione così piena, il venire sbalzati in alto dalla voglia di vivere. Ogni tanto a cena con Fabricino non riuscivo a trattenere l'entusiasmo: lui mi guardava sempre con commiserazione, con uno sguardo che un po' diceva «bravo, finalmente ci sei arrivato» e un po' diceva «non sai proprio niente di niente».

Pochi giorni prima di Natale – annunciata dalla radio – arrivò la grande nevicata.

Cominciò di pomeriggio, con una cappa uniforme di grigio al posto del cielo, e fiocchi minuscoli che si scioglievano ancora prima di toccare il suolo. Poi i fiocchi si fecero sempre più grandi e fitti, sembrava fosse esplosa una fabbrica di piume, tanto che alle nove di sera, dal balconcino, faticavo a distinguere il lampione davanti alla casa, ridotto a un confuso chiarore circondato dalla tempesta. Mi riempii i polmoni di quell'aria pulita e andai a dormire.

Nevicò senza sosta per tutto il giorno e tutta la notte successiva. La mattina del terzo giorno aprii la portafinestra e la vista dal balcone era un incantesimo: un manto candido spesso quaranta centimetri aveva coperto ogni cosa. Il sole brillava nel cielo terso, di un blu tagliente, e tutto era avvolto da un silenzio irreale. I cani rimanevano quieti al riparo nella casupola: si affacciavano curiosi sul loro rettangolo di prato invaso dalla neve e, attraverso le reti, sembravano sorpresi e affascinati quanto me.

Spalai per tutto il giorno, liberando una buona parte dell'area recintata grande, e anche una parte dell'area riservata a Baal. Era la prima volta che entravo lì dentro. Ovviamente, prima di farmi accedere, Fabricino rinchiuse il bandog nel suo box, e lui non fece altro che ringhiare e abbaiarmi con una rabbia brutale per tutto il tempo che rimasi lì a lavorare. Per restare calmo dovetti ricorrere a tutte le mie forze interiori, ma più volte nella mia corazza si formò una crepa: in quei momenti mi voltavo verso il cane e mi sembrava di sentire con nitidezza il suo odio cieco, la sua voglia di fare a pezzi chiunque, come se la violenza fosse il suo ruolo innato nell'ordine delle cose. Nel mio nuovo e luminoso amore per la natura non c'era spiegazione per Baal e – mi rendo conto che è difficile crederci – più volte ebbi come l'impressione che lui lo capisse. Più volte ebbi l'impressione che lui, come un essere sovrannaturale, sentisse che la mia visione del mondo non lo conteneva: i suoi occhi piccoli e cattivi mi fissavano per dirmi che invece lui esisteva e io dovevo trovare una risposta alla sua esistenza, trovargli una casella nella scacchiera, un posto che – dovevo esserne consapevole – lui era pronto a riempire di sangue alla prima mossa.

Il giorno dopo, lo sterrato, ripulito da qualche spazzaneve di passaggio, era una lastra unica, sembrava un fiume ghiacciato.

Fabricino non nascondeva il suo nervosismo: non avevamo le catene per il pick-up e, se non avessimo trovato una soluzione, il giorno dopo sarebbe stato difficile raggiungere l'hard-discount e rifornire le scorte per i cani.

Avevamo soltanto un sacco di sale da venti chili e un paio di pale. Fabricino tirò fuori due scolapasta e ci mettemmo a spargere il sale con precisione meticolosa, cercando di non sprecare neppure un granello. Ci eravamo divisi i tratti dello sterrato da coprire e ogni tanto mi voltavo a guardarlo, a dieci metri da me: si aggirava spargendo sale con lo scolapasta come una specie di folletto che semina polvere magica. Metteva buonumore.

L'operazione portò via tutta la mattinata, mentre il pomeriggio lo trascorremmo a spalare tutto quello che riuscimmo. Alla fine portammo da mangiare ai cani senza farli mai uscire dai loro box, mentre Fabricino decise di aprire il recinto grande a Baal, che con la neve sembrava ancora più nervoso.

Alle sette di sera la Mercedes dei serbi si fermò davanti a casa. Notai che avevano montato dei cerchioni diversi e le ruote da neve. Dissero che non erano lì per Baal: volevano festeggiare con noi perché avevano venduto alcuni cani, tra cui i due figli di Ala, a una cifra fantastica.

Fabricino era sospettoso, ma loro tirarono fuori dal baule una cassa di vino rosso e lui abbandonò ogni riserva: li fece accomodare in casa e si mise ai fornelli a preparare una delle sue pastasciutte. Intanto i serbi stappavano, riempivano i bicchieri e tutti eravamo su di giri e i nostri occhi in breve risalirono la scala dal vispo al brillante al febbrile. Fabricino abbassò la guardia, era fiducioso, e questo fu un errore fatale.

Bevemmo, mangiammo e continuammo a bere. Poi ci mettemmo a giocare a carte a coppie, e continuammo a bere. Io avevo perso lucidità da almeno un'ora ed effettivamente avevo notato qualcosa di strano – da quell'ultima bottiglia i due serbi non bevevano – ma l'unica cosa che ricordo è che a un certo momento sentii gli occhi chiudersi su Fabricino, che era nel mio stesso stato. Poi buio.

La prima cosa che vidi aprendo gli occhi fu una fila di bottiglie vuote sul tavolo. Fabricino dormiva davanti a me, con il capo appoggiato sull'avambraccio destro. Avevo un mal di testa insostenibile e la prima vera sensazione che mi ricordo di aver provato fu di nausea. Mi alzai e andai fino al lavandino della cucina, aprii l'acqua fredda e mi risciacquai più volte il viso, cercando di vincere lo stordimento. Mi asciugai con uno straccio sporco di sugo e quando riaprii gli occhi lo sguardo si impigliò nella cornice della finestra.

Il cancello del recinto era spalancato davanti al portellone di un furgone bianco che non avevo mai visto. Mi strofinai gli occhi cercando di recuperare lucidità: i serbi? la Mercedes? che diavolo era successo?

Scrollai Fabricino ma la sua reazione si limitò a un brontolio. Allora riempii un bicchiere di acqua gelida e glielo gettai sul viso. Fece uno scatto e poi mi fissò, i suoi occhi erano vitrei e senza luce. Li richiuse e riappoggiò la testa sull'avambraccio. Riempii nuovamente il bicchiere e ripetei il gesto. Questa volta sbarrò gli occhi e si mise a imprecare, poi si alzò in piedi e andò a mettere la testa sotto il lavandino. Dopo qualche istante se la asciugò con lo straccio.

«Mi sono addormentato qui» disse confuso. Poi il suo sguardo scivolò verso la finestra e andammo insieme ad affacciarci. Pochi secondi dopo eravamo all'aperto.

Gli occhi non sapevano dove fissarsi. Neve. Sangue. Ancora neve. Ancora sangue.

Dejan era sdraiato nel bianco, vicino al portellone del furgone, con la gola dilaniata. A un metro c'era una femmina di pitbull che non era nostra, fatta a pezzi dai morsi. Vicino alla portiera c'era Slobo. Stava steso faccia a terra sopra un'altra pozza di sangue. Era tutto così orribile che sembrava finto, un film dell'orrore girato con un eccesso di efferatezza.

I miei occhi vagavano da un punto all'altro, senza capire.

Fabricino si inginocchiò vicino alla cagna e la tastò, poi tastò il polso di Slobo e quello di Dejan, la carotide era squarciata. Erano tutti morti.

Fabricino si rialzò con un sospiro profondo, poi si guardò intorno, cercando di abbracciare tutto lo spazio innevato che la sua vista poteva comprendere. Di Baal non c'era traccia.

«Che diavolo è successo?» chiesi.

Fabricino si grattò la testa e poi indicò la cagna. «Avevano organizzato tutto per bene» sospirò ancora. «Ci hanno addormentati e poi sono andati a prendere il furgone.

Nel cassone avevano una cagna in calore ed erano sicuri che Baal si sarebbe gettato su di lei. Dovevano solo richiudere le porte e il gioco era fatto. Il cane sarebbe stato in trappola.»

Tirò un paio di calcetti al fianco di Dejan, senza cattiveria. «Ma le cose non sono andate come credevano» disse. «Quando hanno rotto il lucchetto Baal si è gettato sulla cagna, ma per ucciderla. Poi è saltato su di loro. Forse sono stati lenti. Forse si aspettavano che lui pensasse solo alla cagna.»

Mentre parlava vedevo la scena. Pensavo alle loro urla per chiedere aiuto e a noi che dormivamo, narcotizzati. Mi guardavo intorno e tremavo, più per la paura che per il freddo.

«E ora cosa facciamo? Chiamiamo la polizia?»

Fabricino fece un gesto secco con la mano: «Per la legge ogni padrone è responsabile di ciò che fa il suo cane. E qui ci sono due morti.»

«E quindi?»

Lui indicò la casa.

Lo seguii all'interno. «Prendi le tue cose» ordinò.

Salii in camera e misi nello zaino tutto quello che avevo. Dei tanti libri, presi solo quello sulla meditazione. Quando scesi lui aveva preparato una valigia e qualche scatola di cartone.

«Posso tenere Sid?» domandai.

«Non dire idiozie.»

«Cosa farai dei cani?»

Alzò le spalle: «Non pensarci. Dobbiamo sparire. E alla svelta.»

E sparimmo.

Molte volte, negli anni, mi è ricapitato di pensare a questa storia. «Da un certo punto in poi non c'è più ritorno, e questo è il punto da raggiungere» scriveva uno degli autori che amo di più. Cosa significasse davvero l'ho capito soltanto nell'allevamento di Fabricino.

Spesso ripercorro con la mente quei mesi di isolamento, la purezza dei luoghi, l'amore che provavo per Sid, i silenzi pieni tra me e Fabricino, le partite a carte, l'aria pulita quando mi affacciavo sul balcone all'alba, la meditazione, il duro lavoro, i serbi.

Li vedo ridere e stringermi la mano a ripetizione, darmi pacche sulle spalle, scherzare. Poi li vedo lì nella neve insanguinata, la pelle bianca svuotata di vita.

Per mesi e mesi seguii sui quotidiani in rete ogni notizia sul caso dei due serbi sbranati, ogni più piccolo riferimento, ogni trafiletto. Si cercava il padrone dell'allevamento ma non si trovava.

Quanto a Baal: mai neppure una parola.

Di lui non ho mai più saputo niente.

È lì tra voi.

Note e ringraziamenti

Ho un debito con: Rita Vivian, Alberto Salza, Paolo Novaresio, Nicus Lucà, Angelo Trento, Francesco Forlani, Alessandra Rosa, Francesco Pistoi, Roberto Travan e Anela Muharemovic. Ho un debito con Luca Rastello.

Ho un debito con Giancarlo Cara: è stato lui, il 4 ottobre 2012, a farmi tornare in mente che lì ai Murazzi, molti anni prima, si era combattuta una guerra. Ho un debito con Fabrizio Esposito a cui, quella stessa notte, ho cominciato a raccontare quello che ricordavo.

Ho un debito con Giulio Zunini e con quei giorni di sole/pioggia davanti alla baia di Portolago, sull'isola di Leros, quando lui raccontava del cane Thunder e il vecchio Giovanni indicava lo specchio d'acqua e ricordava gli Stuka tedeschi che erano arrivati il 26 settembre del '43, e dava i nomi alle navi da guerra affondate, imitava i fischi delle bombe, agitava le mani a descrivere le fiamme e il fumo, e io vedevo tutto come se fossi stato lì settant'anni prima, e la storia di Thunder sembrava avere a che fare anche con quell'altra Storia, la grande. Ho un debito con gli allevatori Piergiorgio Lievore e Davide Calzolari, che mi hanno aiutato a trasformare quello spunto nella storia che volevo scrivere io.

Ho un debito con Marcello Fois, Emmanuele Bianco e Deborah Gambetta: a ciascuno di loro ho rubato un'imma-

gine. Ho un debito con Gian Piero Quaglino, cui ho rubato una domanda senza risposta.

Ho un debito con Manuel Vàsquez Montalbán, cui ho rubato una barzelletta (immagino non sua) e una battuta (certamente sua).

Ho un debito con Diego Gamba e con i suoi racconti colombiani, snocciolati notte dopo notte davanti a una selva di bicchieri. (Fanno parte dei tanti racconti che non sono finiti qui dentro, ma ci ho lavorato sopra talmente tanto che per me è come se ci fossero.)

Ho un debito con Luca Ragagnin. In generale, questo libro sarebbe molto diverso se non ci fosse lui nella mia vita.

Ho un debito con Margherita e Francesca. Ho un debito con Valentina.

Ho un debito con mio padre Andrea, che ha vissuto una vita randagia in giro per il mondo, e questo ha plasmato la sua visione delle cose, e anche la mia. Manca a questa terra dal 2005. Non sono certo che questa terra manchi a lui.

So che qualche particolare in questo libro potrà sembrare imperfetto a un certo tipo di lettore (ad esempio la definizione della tenuta da arti marziali, che non si chiama "kimono" ma "gi") ma si tratta di imperfezioni consapevoli. So bene, per esempio, che Hiroshi è un nome tradizionale giapponese (significa "generoso" e "tollerante") ed esisteva ben prima di Hiroshima, ma le cose sono andate esattamente come le descrivo. Perché tutte le storie che ho raccontato sono autobiografiche. E più sono inventate, più sono autobiografiche.

Indice

Stampato da
Grafica Veneta S.p.A., Trebaseleghe (PD)
per conto di Marsilio Editori® in Venezia

EDIZIONE
10 9 8 7 6 5 4 3 2 1

ANNO
2017 2018 2019 2020 2021